신 없는 청년

지은이 **외덴 폰 호르바트(Ödön von Horváth)**

1901년 합스부르크 제국의 도시 피우메(오늘날 크로아티아 리에카)에서 태어나 오늘날의 헝가리(부다페스트), 오스트리아(빈) 및 독일(뮌헨, 베를린 및 무르나우)에서 수학, 집필 및 활동하였다. 드라마 『빈 숲의 이야기(Geschichten aus dem Wiener Wald)』로 1931년 클라이스트 상을 수상하였다. 나치 정권에 의해 독일에서 추방되었고, 1938년 파리 망명 중 사망하였다. 소시민(성), 국가 사회주의 등 파시즘을 비판적으로 다룬 이 작품 『신 없는 청년』은 무르나우에서 집필하였으며, 암스테르담에서 첫 출판된 후 일 년도 채 지나지 않아 유럽 8개 언어로 번역되어 읽혔다. 민중극 『카지미르와 카롤리네(Kasimir und Karoline)』, 『믿음 사랑 소망(Glaube Liebe Hoffnung)』, 『우리 시대의 아이(Ein Kind unserer Zeit)』 등 극작, 소설 및 미완성 원고를 포함하여 짧은 생애 동안 25여 편의 작품을 남겼다.

옮긴이 **김남희(Kim Nam Hui)**

경북대학교 인문대학 독어독문학과 교수. 독일 마인쯔 대학교에서 일반통번역학으로 박사학위 취득 후 국제회의 통역 활동, 번역 이론서 번역 및 독일어(권) 문학, 한국어 문학 번역 등 이론과 실제의 관계와 연계를 탐색하고 있다. 독일 슈트랄렌에 소재한 유럽번역공동체의 레지던스 초청번역가 활동 및 오스트리아 빈 문학협회 활동 등 독일어·한국어 문학 및 번역 기관들과 관계망을 지속적으로 확장해 나가고 있다. 대산문화재단의 한국문학 번역 지원 사업으로 기형도의 『입속의 검은 잎』, 황정은의 『백의 그림자』를 독일어로 공동 번역하였고, 현재 출판 준비 중이다. 역서로는 독일의 기능주의 번역학자 파울 쿠스마울의 『번역 쉽지 않다』(한국외국어대학교출판부, 2012), 전영애 서울대학교 명예교수와 공역한 『그림 동화』(민음사, 2023)가 있다.

신 없는 청년

찍은 날 2024년 3월 27일 • **펴낸 날** 2024년 4월 1일
지은이 외덴 폰 호르바트 • **옮긴이** 김남희 • **펴낸이** 홍원화 • **펴낸 곳** 경북대학교출판부
출판등록 1973년 10월 10일 ㉣97호 • **주소** 대구광역시 북구 대학로 80 • **전화** 053-950-3830
팩스 053-953-4692 • **이메일** press@knu.ac.kr • **홈페이지** http://knupress.com
ISBN 978-89-7180-636-4 03850

정가는 뒤표지에 있습니다.
파본은 바꾸어 드립니다.

신 없는 청년

외덴 폰 호르바트 지음
김남희 옮김

경북대학교출판부

목 차

검둥이

3월 25일

내 책상에 꽃이 있다. 어여쁘군. 오늘이 내 생일이라고 성실한 여주인이 선물로 가져다 두었어.

책상을 써야 하니 부모님의 편지와 함께 꽃을 한쪽으로 치운다. 어머니의 편지에는 "사랑하는 내 아들, 서른네 살 생일을 맞아 무엇이든 최고를 기원한단다. 전능하신 하느님께서 네게 건강과 행복과 만족을 주시기를."이라고 적혀 있다. 아버지의 편지에는 "사랑하는 나의 아들아, 서른네 살 생일을 맞아 만사 좋은 일이 생기기를 바란다. 전능하신 하느님께서 네게 행복과 만족과 건강을 선물하시기를."이라고 적혀 있다.

행복이란 언제든지 필요하지, 게다가 나는 건강하니 다행이라고 생각하며 손마디로 나무를 똑똑똑 두드린다. 그런데 만족? 만족하지는 않아. 만족하는 사람은 결국 아무도 없지 않은가.

책상에 앉아 붉은 잉크의 코르크 뚜껑을 열다가 손가락에 잉크가 묻어 짜증이 난다. 어떻게 열어도 잉크가 손에 묻지 않는 그런 방법을 이제쯤은 발명할 때도 되지 않았나!

아니, 나는 만족하지 않지, 정말로.

그런 바보 같은 생각은 말아야지라며 나는 스스로를 다잡는다. 연금도 보장되는 안정된 일자리가 있잖아. 내일도 여전히 지구가 돌지 아무도 모르는 지금 같은 시절에 말이야, 그렇잖아!? 사람들이 너처럼 되고 싶어 얼마나 침 흘리고 있는지 알고는 있어? 교직 희망자 중 진짜 선생이 될 수 있는 사람의 비율이 얼마나 낮은지 알고는 있냐고! 시립 김나지움의 교사인 데다, 노후 걱정 없이 멍하게 늙어 갈 수 있는데 하느님께 감사드릴 일이지! 백 세까지 살다가, 어쩌면 조국의 최고령 시민이 될지도 모르는 일이잖아! 백 세 생일을 맞으면 잡지에 기사도 실리겠지. "백 세에도 여전한 노익장!" 게다가 연금까지 받을 테니! 명심하고 죄나 짓지 말아라!

죄를 짓지 않으려 나는 일을 시작한다.

파란 공책 스물여섯 권이 있다. 나는 역사와 지리를 가르치는데, 열네 살 남짓 된 남학생 스물여섯 명이 어제 지리 시간의 작문 과제를 제출했다.

밖에는 아직 해가 좋으니 공원이면 참 좋겠군! 하지만 일은 해야 하니 숙제를 첨삭하며 누가 잘했는지, 아닌지를 수첩에 적는다.

교육청에서 작문 제목을 제시했다. "우리가 식민지를 가져야만 하는 이유." 그래, 이유가 뭘까? 한 번 들어나 보자고.

첫 학생의 성은 B로 시작한다. 바우어(Bauer), 이름은 프란츠

(Franz). 이 반에는 성이 A로 시작하는 학생은 아무도 없지만, B로 시작하는 학생은 다섯 명이나 되는군! 전체 스물여섯 명 중에 B로 시작하는 성이 이렇게나 많은 건 드문 일이야. B 성을 쓰는 학생 중에 쌍둥이까지 있으니 흔치 않게 많을 수밖에. 자연스럽게 명단이 적힌 노트를 훑어보니 B 다음으로는 S가 많다……. 그래 맞아, S가 네 명이었지, M이 셋, E, G, L, R도 각 두 명씩, F, H, N, T, W, Z는 한 명씩이군. A, C, D, I, O, P, Q, U, V, X, Y로 시작하는 성은 한 명도 없네. 프란츠 바우어, 그래 자네는 왜 식민지가 필요하다고 생각하지?

"식민지가 필요한 이유는 우리가 수많은 자원을 필요로 하기 때문이며, 자원 없이는 고도로 발달한 우리의 산업을 그 내적인 본질과 가치에 맞게 활용할 수 없기 때문이며, 우리나라의 노동자들이 계속 실업자가 되는 견딜 수 없는 결과를 가져오기 때문이다." 아주 정확해, 바우어! "물론, 노동자가 중요한 것은 아니고." 그럼 뭐가 중요하지, 바우어? "중요한 것은 국민 전체인데, 노동자 또한 국민에 포함되기 때문이다."

그래, 드디어 중요하고 굉장한 발견을 하셨군이라고 생각하면서, 대체 언제부터 태곳적의 격언들이 지금 우리가 사는 이 시대에 처음 만들어져 제공되는 표어처럼 쓰이는 걸까 하는 의구심이 든다. 아니면, 항상 그래 왔던 것일까? 나도 모르겠다.

지금 내가 아는 것이라고는 작문 스물여섯 편을 읽어야 한다는 사실뿐이다. 전제는 왜곡되고, 결론은 틀린 작문들이다. 그렇게 '왜곡'되고 '틀린' 것들이 제거된다면 얼마나 좋겠는가?

하지만 사라지지 않아, 그런 것들은 팔짱에 팔짱을 끼고 속 빈 구호를 노래처럼 외치고 다닐 뿐이지.

나는 시 소속 공무원이니, 그렇게 깜찍한 노래에 대한 최소한의 비판에도 주의해야 한다. 아무리 속이 쓰리다 한들 한 개인이 전체에 대항해 뭘 할 수 있겠어? 그러니 속으로만 분해할 수밖에. 아니, 더 이상 분해하지도 않으리라!

첨삭이나 빨리 하시지, 극장에 가려면!

N은 또 뭐라고 쓴 거지?

"검둥이들은 모두 교활하고, 비열하며 게으르다."

바보 같으니라고! 두 줄을 그어야겠군.

그러고는 공책 여백에 빨간 펜으로 "근거 없는 일반화!"라고 쓰려는데 잠시 멈칫한다. 잠깐, 최근에 어디선가 검둥이와 관련해서 이런 말을 듣지 않았던가? 어디였더라? 맞아, 어느 식당 스피커에서 들었는데 입맛이 싹 가실 뻔했었지.

이 문장은 그대로 둬야겠군. 라디오 방송에 나온 말을 학교 선생이 지워 버릴 수는 없으니.

작문을 읽는 동안 라디오 방송이 계속 들려온다. 혀짤배기 소리, 흐느끼며 고함치거나, 간사스러우면서도 위협하는 소리다. 신문은 그런 소리들을 그대로 찍어 내고, 어린 녀석들은 그 말을 그대로 베껴 낸다.

T의 작문을 다 읽고 보니, Z가 바로 다음이다. W는 어디에 있는 거지? 공책을 빼놓았나? 아니지, 어제 아파서 결석했었지. 일요일에 축구 경기장에 갔다가 폐렴에 걸렸다고 했어. 맞

아, 분명히 그 애 아버지가 편지로 알려 주었잖아. 바보 같은 녀석 W! 그렇게 추운 날 비까지 쏟아지는데 축구장엔 도대체 왜 간 거야?

사실 그런 질문은 너 자신에게도 해당되는 것 아니냐? 너도 일요일에 축구장에서 경기 종료의 마지막 호각이 울릴 때까지 버텼으니 말이야, 맞붙은 팀이 최고의 경기를 보여 준 것도 아니었으면서라는 생각이 들었다. 그래, 그 경기 정말 따분했었지. 그러는 너는 왜 끝까지 남았던 거냐?

너 포함 삼만 명이나 되는 관중이 말이다.

왜 그랬지?

우익수가 미드필드를 잘 넘겨 공을 센터로 보내거나, 중앙 공격수가 공을 차 수비수가 없는 공간으로 공을 넘기거나, 골키퍼가 몸을 날려 공을 막거나, 인사이드 포워드가 자기편 수비수를 돕고 윙어가 압박을 하거나, 수비수가 골라인에서 공을 막아 내거나, 반칙으로 누군가를 밀치거나, 우아한 몸동작을 하거나, 주심이 좋은 사람이거나 아니거나, 편파적이거나 또는 공정하거나, 어쨌거나 관중에게는 축구만 존재하니까 그런 것이다. 해가 뜨건 비가 오건 눈이 내리건 그것 말고는 다른 아무것도 존재하지 않는 것이니. 그래, 모든 것을 잊는 거야.

그게 뭔데, 그 '모든 것'이?

웃음만 새어 나온다. 아마도 검둥이겠지…….

비 내리다

다음 날 아침 학교에 도착해 교사실로 향하는 계단을 오르는데 삼 층에서 험하게 싸우는 소리가 들려왔다. 서둘러 올라가 살펴보니 E, G, R, H, T 다섯이 F 한 명을 두들겨 패고 있었다.

"대체 뭣들 하는 거냐?" 나는 호통쳤다. "꼭 국민학교 학생처럼 싸움질을 해야겠으면 적어도 일대일로 붙어야지 다섯이서 한 명을 상대하는 것은 진짜 비겁하잖아!"

맞고 있던 F를 포함하여 학생 모두 나를 이상하다는 듯 쳐다보았다. F의 옷깃은 찢겨 있었다. "대체 F가 뭘 어쩐 것이냐?" 물었으나, 영웅들께서는 아무 말도 하지 않았고 맞고 있던 F도 입을 다물었다. 계속 추궁하니 사실은 F가 다른 다섯에게 무슨 짓을 한 것이 아니라, 오히려 그 반대였다. 그 다섯 녀석들이 F에게서 버터 바른 제멜 빵을 훔쳤는데, 뺏어 먹으려 그런 것도 아니고, 단지 F가 빵을 먹지 못하게 하려고 했다는 것이다. 녀석들은 빵을 창문 밖으로 내던져 버렸다.

나는 창 아래를 내려다본다. 잿빛 돌 위에 빵이 떨어져 있다. 비가 계속 내리고, 빵은 선명하게 번득인다.

혹시 이 녀석들, 자기들은 빵이 없는데 F가 빵을 가져서 화가 난 걸까라고 생각해 본다. 아니야, 다섯 녀석 모두 빵이 있었고 게다가 G는 두 개나 가졌던걸. 나는 다시 묻는다. "그러니까 왜 그런 거냐고?" 자신들도 모른다. 당황한 아이들은 내 앞에서 히죽인다. 그래, 인간은 악하다고 성경에도 쓰여 있지 않았던가? "비가 멈추고 대홍수의 물이 다시 감하기 시작하자 하느님이 말씀하셨다. '내가 다시는 사람으로 인하여 땅을 저주하지 아니하리니 이는 사람의 마음의 계획하는 바가 어려서부터 악함이라.'"

하느님께서는 자신의 약속을 지키셨나? 아직은 모르겠다. 아이들이 왜 빵을 학교 마당에 던져 버렸는지 나는 더 이상 묻지 않는다. 아무리 그래도 아주 오래전, 이미 수천 년도 더 된, 인간의 문명이 시작된 이래로 더 강력해진 불문율, 그러니까 훌륭한 기사도 정신에 대해 들어본 적이 없는지 나는 묻는다. 싸우려거든 적어도 일대일로 붙어라. 언제나 기사처럼 정당하게! 다섯 학생을 보며 나는 묻는다. "너희는 창피하지도 않니?"

창피해하지 않는다. 나의 언어는 그들과 다르다. 아이들은 두 눈을 동그랗게 뜨고서 나를 바라보고, 맞은 학생만이 살짝 웃는다. 나를 비웃는다.

"창문은 닫아, 안 그러면 비가 들이친다!" 나는 말한다.

아이들은 창문을 닫는다.

이들은 어떤 세대가 될 것인가? 거친 세대, 아니면 단순히 야비한 세대?

더 이상 말하지 않고 나는 교사실로 향한다. 계단에서 잠시 멈춰 귀를 기울여 본다. 아이들이 다시 싸우고 있나? 아니, 조용하구나. 이게 뭘까 싶겠지.

부유한 평민들

10시부터 11시까지 지리 수업을 했다. 이 시간에 어제 첨삭했던 식민지 과제를 다루어야 했다. 앞서 말한 교육 지침을 따라서 과제의 내용에는 이견을 제시하지 않았다. 나는 학생들의 과제를 되돌려 주며 어감이나 맞춤법, 여타 형식적인 측면만 지적하였다. B라는 학생에게는 공책의 왼쪽 여백까지 빼곡히 채워 쓰지 말라고, R에게는 단락을 더 키우라고, Z에게는 식민지라는 단어의 복수형은 h를 쓰는 Kolonihn가 아니라 e를 쓰는 Kolonien이라고 말했다. 다만, N에게 공책을 돌려줄 때는 한마디하지 않을 수 없었다. "네가 쓰기로,"라고 나는 말했다. "백인인 우리가 문화적으로나 문명적으로 검둥이보다 우세하다고 했던데, 그 말은 맞다. 하지만 검둥이가 죽고 사는 문제는 검둥이가 결정할 문제가 아니라고 써서는 안 되겠지. 검둥이들도 인간이잖니."

N은 순간 경직되어 나를 응시했는데, 그 아이의 얼굴에는 거슬린다는 듯한 표정이 스쳤다. 아니, 내가 착각했나? N은 좋은 점수를 받은 공책을 받아들고는 바르게 고개 숙여 인사하

고서 다시 제자리로 돌아가 앉았다. 머지않아 내가 잘못 보지 않았음을 알게 되었다.

바로 다음 날 N의 아버지가 매주 열리는 학부모 상담 시간에 나를 찾아왔다. 이 시간에 부모들은 아이들의 학교 성적 문제나 그 외에 교육과 관련하여 그다지 특별할 것 없는 이러저러한 정보를 얻어 가고는 했다. 아버지들은 대부분 성실한 시민, 공무원, 장교, 상공인이었다. 노동자는 없었다.

아이들의 작문 내용에 대해 몇몇 아버지들이 나와 비슷하게 생각한다는 느낌을 받았다. 우리는 마주 보고 웃으며 날씨 이야기만을 나눌 뿐이었다. 학부모들은 대부분 나보다 나이가 많았는데, 그중에는 진짜 연로한 노인도 있었다. 가장 젊은 사람은 이 주 전에 스물여덟 살 생일을 맞은 어느 학부형이었다. 열일곱 살 때 어느 사업가의 딸을 꾀어낸 세련된 남자였다. 그는 매번 스포츠카를 몰고 와 차를 학교 앞에 세워 두었다. 그의 아내는 차에서 기다리고, 나는 그의 아내를 내려다본다. 보이는 것이라고는 모자와 팔다리뿐이지만 그래도 여자가 마음에 든다. 나도 아들을 가질 수 있지 않을까라고 생각하다가도, 세상에 아이를 내놓는 일은 참아야지라고 생각한다. 낳아 놓으면 어느 전쟁에선가 총에 맞아 죽기나 할 테니!

이번에는 N의 아버지가 내 앞에 서 있다. 당당히 걸어들어와 정면으로 내 눈을 쳐다보며 말했다. "오토 N의 아버지입니다." "반갑습니다. N 아버님." 나는 격식에 맞게 고개 숙여 인사하고 자리를 권했지만 N의 아버지는 앉지 않았다. "선생님."

그는 운을 띄웠다. "오늘 아주 심각한 일로 왔는데, 결론에 따라 사안이 더욱 엄중해질 수도 있습니다. 우리 오토가 어제 오후에 굉장히 흥분해서는, 선생님께서 도무지 말도 안 되는 말씀을 하셨다고 하더군요." "제가요?"

"네, 그렇습니다, 선생님이요!"

"언제죠?"

"어제 지리 시간이라더군요. 학생들이 식민지 문제로 작문을 했는데, 선생님께서 우리 오토한테 검둥이들도 인간이라고 하셨다죠? 무슨 말씀인지 아시겠지요?"

"모르겠는데요."

나는 정말로 알지 못했다. N의 아버지는 나를 시험하듯 살폈다. 맙소사, 이 사람 머리가 모자란 거 아니야라는 생각이 들었다.

"제가 오늘 이곳에 온 이유는," N의 아버지는 다시 천천히 그리고 또박또박 말하기 시작했다. "저는 아주 어려서부터 정의를 추구하며 살아왔기 때문입니다. 그러니 다시 한 번 묻겠습니다. 검둥이에 대한 그 이상한 말씀, 그 말씀 그대로, 그 맥락에서 하신 것이 사실입니까, 아닙니까?"

"사실입니다." 나는 대답하면서 웃지 않을 수 없었다. "그러니 아버님께서 헛걸음하신 건 아니네요."

"유감입니다만," 그는 내 말을 싸늘히 막았다. "저는 농담할 기분이 아닙니다. 검둥이에 대해 그렇게 말하는 것이 무엇을 뜻하는지 선생님은 아직도 잘 모르는 것 같군요?! 그런 말은 조국에 대한 방해 공작입니다! 하, 내 앞에서 아닌 척하지 마세요. 비밀스럽고 음험한 방법과 술책으로 당신 인문주의자입네 하는 인간들이 순진한 어린 영혼들을 독약으로 망가뜨리려는 걸 나는 아주 똑똑히 알고 있으니까요!"

이제는 너무 과하다 싶었다.

"실례합니다만," 나는 정색하고 말했다. "성경에서도 모든 인간은 같다고 말하지 않습니까!"

"성경이 쓰인 시절에는 우리가 생각하는 식민지가 없었지요." 확신에 가득 찬 학부형 제빵 기능장께서 나를 가르치기 시작했다. "성경 내용을 상징이나 비유로 이해하거나, 아니면 아예 믿지 말아야지요. 선생님은 아담과 에바가 정말로 몸을 가진 인간으로 살았다고 생각하십니까, 아니면 상징이라고 생각하십니까?! 그것 보세요! 경애하는 하느님을 변명으로 삼지 마세요, 내가 그렇게 되도록 그냥 두지 않을 테니까요!"

"아무것도 하실 필요 없습니다." 이렇게 말하며 나는 그를 정중하게 밖으로 안내해 쫓았다. "필리피에서 다시 보자는 말이 있지요? 두고 봅시다!" 그는 이렇게 소리치며 사라졌다.

이틀 뒤 그의 말대로 되었다.

교장이 나를 호출한 것이다. 교장이 말했다. "선생님, 교육청에서 공문이 왔습니다. 제빵장 N이라는 사람이 선생님에 대해 불만을 제기했는데, 선생님이 몇 가지 부적절한 언급을 했다고 하더군요……. 물론, 나도 그런 불만들이 어떻게 제기되는지 알고 있으니, 내게 설명할 필요는 없어요. 그러나 이런 일이 반복적으로 일어나지 않도록 선생님에게 주의를 주는 것이 내 의무이지요. 선생님은 비밀 회람 5679 U/33을 잊은 모양입니다. 우리는 학생들이 어떤 식으로든 미래의 군인으로 능력을 발휘하도록 가르치고, 능력 발휘에 방해가 되는 모든 것을 멀리하도록 가르쳐야 합니다. 그러니까, 핵심은 전쟁에 대비해 정신 교육을 해야 한다는 것이지요."

교장은 내 생각을 짐작하며 미소 짓더니, 자리에서 일어나 잠시 서성였다. 교장이 멋있게 나이 들었다는 생각이 들었다.

"의아하겠지요." 갑자기 교장이 말을 이었다. "내가 전쟁의 나팔을 불고 있으니까요. 충분히 이상하다고 생각할 수 있습니다. 저 사람은 뭐지? 몇 년 전만 해도 불꽃처럼 타오르는 평화의 메시지에 서명하던 사람이, 지금은? 지금은 전투 준비를 위해 무장을 하라는군이라고 생각하겠지요."

"어쩔 수 없어서 그러신다는 것, 저도 알고 있습니다." 나는 교장을 진정시키려고 했다.

주의 깊게 듣던 교장은 내 앞에 서더니 나를 찬찬히 살폈다. "젊은 선생," 교장이 진지하게 말했다. "잘 새겨들어요. 어쩔 수 없어서 이러는 게 아니에요. 나 또한 시대정신을 거스르며 제빵장 제보로 감옥에 갈 수도 있겠지요. 교장 자리를 그만둘 수도 있을 테고, 하지만 내가 그러지 않는 겁니다. 그래요, 내 의지로요. 정년을 채우고 연금을 다 받고 싶으니까요."

대단히 훌륭하시군.

"냉소적이라고 생각하겠지요." 교장은 나를 아들 보듯 하며 말을 이어갔다. "아니요, 그렇지 않아요. 인류를 더 높은 물가로 이끌려던 우리 모두는 한 가지를 잊었답니다. 시대, 우리가 살고 있는 시대라오. 선생, 나처럼 많이 보고 살아온 사람은 점차 사물의 근본 이치를 깨닫게 된답니다."

말이 참 쉽군요. 당신은 그래도 전쟁 전의 아름다운 시절을 경험했잖아요? 그런데 나는요? 나는 지난 전쟁에서 처음으로 사랑을 경험했고, 또 다른 것들도 마찬가지라고요.

"우리는 평민 대중의 세상에 살고 있어요." 교장은 내 쪽을 향해 슬픈 듯 고개를 끄덕였다. "고대 로마를 생각해 보세요. 기원전 287년 말입니다. 세습 귀족과 평민 대중 간의 투쟁이 진행 중일 때에도, 평민 대중들은 이미 국가의 최고 요직을 차지하고 있었지요."

"교장 선생님," 나는 반론을 시도하였다. "오늘날 이곳은 가난한 평민 대중이 아니라 돈이, 단지 돈만이 다스리고 있지 않습니까." 교장은 눈을 크게 뜨고서 나를 보더니 보일 듯 말 듯 웃었다. "그렇지요. 그렇지만 선생님의 역사 점수는 낙제점입니다. 역사 선생님께서 평민 대중 중에는 부자도 있었던 것을 잊었군요, 기억합니까?"

기억한다. 물론. 부유한 평민 계층은 일반 대중을 버리고 이미 타락해 버린 세습 귀족과 함께 새로운 관직귀족을 만들어내어, 소위 말하는 족벌파(族閥派, Optimates)가 되었다.

"그 점을 다시는 잊지 마세요!"

"잊지 않고 있습니다."

빵

다음 수업 시간에 그 반, 그러니까 지난번에 마음먹고 검둥이에 대해 말했던 그 반에 들어가는데 뭔가 석연치 않다는 느낌이 바로 든다. 학생분들께서 내 의자에 잉크를 묻혀 두셨나? 아니군. 그럼 이 아이들이 왜 이리 쌤통이라는 듯 나를 바라보는 거지?

그때 누군가 손을 든다. 뭔가? 그 학생은 내게로 오더니 간단히 목례를 하고는 편지를 전달한 뒤에 다시 자리에 앉는다.

뭘 하자는 것이지?

편지를 뜯어 대략 훑어보았다. 당장 버럭 소리 지르고 싶지만 그래도 참아 가며 자세히 읽는 척한다. 그래, 스물다섯 명 모두가 서명했어. W는 아직 아파서 결석이니 빼고.

"우리는 더 이상," 편지에 그렇게 쓰여 있다. "선생님의 수업을 듣고 싶지 않습니다. 지난번 사건으로 아래의 서명자 모두는 선생님을 더 이상 신뢰할 수 없습니다. 그래서 다른 교사를 요청합니다."

나는 서명자 모두를 주시한다, 한 명, 한 명씩. 그들은 입을 다물고 내 시선을 피한다. 나는 흥분을 가라앉히고 별일 아닌 듯 묻는다. "누가 작성했나?"

아무도 대답하지 않는다.

"비겁하게 굴지 말고!"

꿈쩍도 하지 않는다.

"좋다," 이렇게 말하고 나는 일어선다. "나도 이제는 이 편지를 누가 작성했는지 궁금하지 않다. 어찌 되었든 너희 모두가 서명했으니. 좋다, 나도 나를 믿지 못하는 반에서 가르치고 싶은 마음은 전혀 없다. 그래도 나는 최선을……." 잠시 하려던 말을 멈춘다. 누군가가 책상 아래서 뭔가를 끄적이는 것이 보인다.

"무엇을 쓰고 있는 거야?"

학생은 감추려 한다.

"이리 내놓아!"

적은 것을 빼앗는데, 학생이 비웃는다. 그 아이는 내가 한 모든 말을 속기로 적고 있었다.

"아하, 나를 염탐하는 거냐?"

이들은 히죽인다.

그렇게 히죽여라, 나는 너희를 무시하겠다. 신께 맹세코 너희를 위해 더 이상 아무것도 하지 않겠어. 너희와의 싸움질은 내가 아닌 다른 자나 하라지!

나는 교장에게 가, 이 사건을 보고하고 다른 반의 수업을 맡게 해 달라고 요청한다. 교장이 웃는다. "다른 반이라고 나을 것 같습니까?" 그리고는 교장이 그 반으로 나를 다시 데리고 간다. 교장은 펄펄 뛰고 크게 소리치며 학생들에게 욕도 하는데, 명배우다. 대체 무슨 생각이냐, 제정신이냐, 건방진 녀석들! 비열한 놈들, 이렇게 무례한 녀석들은 다른 교사를 요구할 권리도 없다고 큰소리다. 그러더니 그 반에 나를 홀로 두고 나간다.

내 앞에 학생들이 앉아 있다. 이제 이들은 나를 증오한다. 나를 파괴하고, 내 생존과 모든 것을 무너뜨리려고 한다. 검둥이도 인간이라는 사실을 받아들일 수 없다는 것이 유일한 이유다. 너희는 인간이 아니다, 아니야!

하지만 기다려라, 녀석들아! 나는 너희 때문에 징계받지는 않을 것이다. 생계를 잃지도 않을 것이고. 내가 빵 한 쪽 먹지 못하기를 바라겠지? 뭐, 옷도 신발도 집도 없이? 그렇게 되면 좋아하겠지! 아니, 이제부터 너희만이 인간으로 존재한다는 듯 말해 주마, 검둥이들이 너희를 다 구워 버릴 때까지 말이다. 너희가 바란 것이 고작 그뿐이니!

페스트

밤에 잠이 오지 않았다. 속기가 눈앞에서 계속 어른거렸다. 그래 나를 망가뜨리겠다는 거지.

그 애들이 인디언이라면, 나를 말뚝에 묶고서 머리 가죽을 벗겨 버릴 테지, 그것도 남김없이 말이야.

자신들이 옳다는 생각과 신념이 확고하니까.

지독한 패거리 같으니라고!

아니면, 내가 학생들을 이해하지 못하는 걸까? 서른네 살은 이미 너무 늙어 버린 것인가? 오늘날 세대 간의 차이가 과거에 비해 더 커진 것일까?

오늘의 세대 차를 극복할 수 없다는 생각이 든다.

내게 성스러운 모든 것을 그 녀석들이 거부한다 해도 그것이 그렇게 나쁜 일은 아니다. 성스러움이 무엇인지 알지도 못하면서 거부하는 것이 더 큰 잘못이니까. 알려고도 하지 않는 것은 최악이고!

생각이란 모두 그들에게는 혐오스러운 일이다.

인간이 무슨 상관이야, 싶겠지! 녀석들은 기계가 되길 원하고 나사나 바퀴, 밸브나 밴드처럼 되려는 것이다. 아니, 기계보다 탄약이 되기를 더 원할 테지. 폭탄, 유산탄 그리고 수류탄 같은 것들이 되고 싶은 것이지. 어느 전장에서 뒈지길 얼마나 바라는지! 전쟁 기념탑에 제 이름을 올리는 사춘기의 꿈을 꾸고 있는 것이지.

아니, 잠깐! 숭고한 희생을 위한 최대의 각오라면 위대한 미덕 아닌가?

물론이지, 정당한 일이라면 말이야…….

그럼 여기서 중요한 것은 뭔데?

"정당함이란 자신의 혈족에게 이로운 것을 뜻한다."라고 라디오에서는 떠들잖아. 우리에게 불리한 것은 곧 부당한 거야. 그러니 살인, 강도, 방화나 위증 모두 용인되는 것이지. 용인될 뿐만 아니라 아예 범죄가 아닌 거야, 혈족의 이해를 위한 일이라면 말이지.

뭐라고?

범죄자의 입장이지.

고대 로마의 부유한 평민 계층은 세금을 인하하라는 요구를 민중이 결국 관철시킬 것이라는 생각에 두려워했지. 부유한 평민 계층은 그래서 독재자의 탑 속으로 다시 들어가 버린 거야. 부유한 평민들은 귀족 만리우스 카피톨리누스가 그의 자산으로 일반 평민의 채무를 탕감해 주려 하자 카피톨리누스를 반역죄로 몰아 사형 판결을 내리고는, 타르페아 벼랑에서 밀어 버렸고.

인간사회가 존재한 이래로 인간은 자기보존을 이유로 죄를 저질러 왔어. 하지만 예전에는 적어도 수치를 느끼며 죄에 대해 함구하고 은폐했지.

오늘날에는 자랑스러워하는군.

페스트야.

우리는 전염되었어, 친구든 적이든 간에. 우리의 영혼은 흑사병처럼 검은 부스럼으로 다 뒤덮였고, 머지않아 영혼은 죽겠지.

그 후에도 우리는 계속 살겠지만, 동시에 죽은 거야.

내 영혼마저도 쇠약해졌어. 그들 중 누군가의 사망 기사를 읽을 때면 이런 생각이 들잖아. “너무 적다, 너무 적어!”

오늘도 생각하지 않았던가. “모조리 죽어 버려라.”

아니, 이제는 생각을 그만해야지. 손 씻고 카페에 가야겠어. 항상 누군가는 있으니 체스를 둘 수 있지. 방에서 그만 나가야지, 바깥 공기로!

여주인이 생일에 꽂아 둔 꽃은 이미 져 버렸군. 퇴비 더미로 가겠지. 내일은 일요일이구나.

카페에는 아는 사람이 한 명도 없군. 아무도.

뭘 하지?

나는 극장으로 간다.

영화 상영 전 주간 뉴스에서 나는 부유한 평민 대중을 본다. 그들은 자신의 기념비를 제막하고, 기공식의 첫 삽을 뜨며 친위대 열병식을 받는다. 그다음에는 생쥐 한 마리가 나오더니 제일 큰 고양이들을 제압하고, 그다음에는 긴박한 범죄 이야기가 상영되는데, 선한 원칙이 승리한다는 것을 보여 주기 위해 총이 난사된다.

극장을 빠져나오니 밤이다.

그러나 집으로는 가지 않는다. 내 방이 두렵다.

저기 맞은편에 술집이 있으니, 값이 싸다면 저기서 술을 마셔야겠어.

비싸지 않은걸.

술집에 들어간다. 아가씨 한 명이 옆에 앉으려 한다.

"혼자예요?"라고 묻는다.

"네," 나는 웃으며 말한다. "아쉽게도요."

"앉아도 될까요?"

"아니요."

아가씨는 감정이 상해 가 버린다. 기분을 상하게 할 생각은 아니었답니다, 아가씨. 너무 기분 나빠하지 말아요, 하지만 나는 혼자잖아요.

물고기의 시대

독주 여섯 잔을 들이켜고는 무기 발명에 대해 생각해 보았다. 다른 무기들을 무력화하는 무기, 그러니까 말하자면 무기의 반대, 반무기를 발명하는 것이다. 내가 발명가라면 뭐든지 다 만들어 낼 텐데! 아, 그렇다면 세상은 얼마나 행복할까!

하지만 나는 발명가가 아니고, 내가 태어나 세상의 빛을 보지 않았다 해서, 세상이 뭐 좋은 걸 놓치기라도 했겠는가? 그랬더라면 태양은 뭐라 말할까, 그리고 내 방에는 누가 살까?

그런 바보 같은 질문은 하지도 마, 완전히 취했군! 넌 이렇게 존재하잖아. 대체 원하는 것이 뭐야, 태어나지 않았더라면 네 방이 있는지도 몰랐을 텐데 말이지. 어쩌면 네 침대는 한 그루 나무였을지도. 거봐, 창피한 줄 알아야지, 나이 든 바보 당나귀 같으니라고! 거창하게 고차원적인 질문이나 하는 꼴이 언젠가 옛적 꼬마 학생 시절의 성교육을 아직까지도 소화하지 못한 주제 같단 말이지! 숨어서 연구나 하지 말고, 술이나 한잔 더 마셔!

나는 마신다, 또 마신다……. 여러분, 나는 평화를 사랑하지 않습니다! 우리 모두가 죽어 버렸으면 좋겠어요. 쉬운 죽음이 아니라 힘든 죽음 말입니다. 고문을 다시 도입해야 할 거예요, 맞아요, 고문! 자신의 죄악을 고백하도록 인간을 계속 협박해야 하지요, 인간은 악하니까요!

여덟째 잔을 마시고서 나는 피아니스트에게 살갑게 인사했다. 여섯 잔째까지만 해도 그의 음악이 전혀 마음에 들지 않았는데도 말이다. 어떤 남자가 내 앞에서 두 번이나 말을 걸어왔는데, 나는 그런 줄도 모르고 있었다. 세 번째가 되어서야 나는 올려다보았다.

누군지 바로 알아보았다.

율리우스 카이사르였다.

카이사르는 원래는 존경받는 동료로 고전어문학을 전공하고 여고에서 일했는데, 나쁜 일에 빠져 버렸다. 미성년 여학생을 만나다 감옥에 간 것이다. 한동안 보이지 않다가 집집마다 다니며 잡동사니 행상을 한다고 들었다. 카이사르는 눈에 띄게 큰 해골 모양의 넥타이핀을 하고 있었는데, 해골 눈구멍 전구가 주머니 속 배터리와 연결되어 있었다. 단추를 누르면, 해골의 눈구멍이 빨갛게 반짝였다. 카이사르의 우스개 장난이었다. 좌초한 실존이다.

그가 어떻게 내 옆에 앉았고 우리가 열띤 토론을 하게 되었던지는 더 이상 기억이 나지 않는다. 맞아, 나는 꽤나 취했고 이야기의 일부만 드문드문 기억난다.

율리우스 카이사르가 말한다. "선생님 말이 계속 겉도는군요, 존경하는 동료 양반, 단지 설익은 말뿐이고요. 선생도 이제는 제대로 된 사람과 대화할 때가 되었어요. 더 이상 기대할 것이 없어 여러 세대의 변화를 자유로운 시선으로 관찰하고, 있는 그대로 받아들이는 그런 사람 말입니다. 자, 선생님, 아담 리제(독일의 수학자, 1492-1559)에 따르면 선생과 나, 우리는 세대가 다르고, 선생 교실에 있는 개구쟁이 녀석들이 또 한 세대죠? 아담 리제 말대로면 총 삼대이지요. 내가 예순이고, 선생이 대략 서른 살, 그리고 선생 반 말썽쟁이들이 대략 열네 살이죠. 잘 들어 봐요. 인생을 통틀어 삶의 태도에 결정적인 영향을 주는 것은 사춘기의 경험이에요, 특히 남자에게 그렇지요."

"따분합니다."라고 내가 말했다.

"따분해도, 잘 새겨들어요, 안 그러면 내가 거칠어질 테니! 우리 세대 모두에게는 사춘기 시절에 여자 문제가 가장 중요하면서도 유일한 문제였어요. 여자를 얻을 수 없었던 것이 문제였지요. 그때는 달랐잖아요. 그러니 우리 세대 사춘기 시절의 가장 두드러지는 경험은 수음이었다오. 자위를 하면 건강을 해친다는 뭐 그런 말까지 있었으니, 나중에야 밝혀졌지만 완전히 근거도 없는 건강을 해친다는 그런 구닥다리 후유증과 두려움을 포함한 총체적 경험이지요. 달리 말해서 우리 세대는 여자에게 걸려 거꾸러져, 바로 세계 대전으로 미끄러져 떨어졌다오. 그럼, 선생의 사춘기를 봅시다. 그때는 전쟁이 최고조에 달한 시절이었지요. 남은 남자라곤 없었으니, 여자들은 아주 기꺼이 승낙했어요. 선생 세대는 스스로에 대해 성찰할 시간도 없었어요. 그야말로 이제야 눈을 뜨는 당신들의 봄을 향해 고픈 여자들이 달려들었죠. 선생 세대에서 여자들은 더 이상 성스러운 존재가 아니었고, 그러다 보니 선생 세대는 스스로 충분히 만족하지 못했던 거예요. 당신들의 영혼 깊숙한 그 어느 곳에서는 순수하고 숭고하고 근접하기 어려운 여성을 꿈꾸고 있었으니까요……. 달리 표현하자면, 자위를 꿈꾼 거지요. 당신들 세대에서는 당신과 같은 애송이들에게 걸린 여자들이 거꾸러지고 남성화의 세계로 미끄러져 떨어지지요."

"선생님, 선생님은 색광이에요."

"왜죠?"

"성적인 각도에서만 창조물을 바라보고 있으니까요. 물론 그런 것이 선생님 세대, 그중에서도 선생님 연배의 특징이기는 합니다만, 계속 침대에서만 누워 지내지 마세요! 그만 일어나서 커튼을 젖히고 빛을 들이며 저와 같이 밖을 좀 내다보자고요!"

"밖에는 대체 뭐가 보이는데요?"

"아름답지는 않죠, 그래도 말입니다!"

"이제 보니 선생은 변장한 낭만주의자군요! 들어봐요! 더 이상 내 말을 자르지 말아요. 그리고 앉아! 이제는 세 번째 세대, 그러니까 오늘날 열네 살짜리들에 대해 이야기해 보지요. 이 세대에게는 여자가 아예 문제가 되지 않아요. 왜냐하면 진정한 여자라곤 더 이상 없기 때문이지요. 그 대신 이 세대에는 공부하고, 노 젓고, 신체를 단련하거나 행군을 하는 괴물들만 있어요. 여자들이 점점 더 매력을 잃어 가는 것이 눈에 띄던가요?"

"지나치게 단편적입니다!"

"배낭 메고 다니는 비너스를 대체 누가 좋아라 하겠어요? 나는 아니라오. 그래요 그래, 오늘날 청소년들의 불행은 그들이 제대로 된 사춘기를 경험한 적이 없다는 것이죠. 그러니까 성이건 정치건, 도덕이건 뭐건 간에 통 하나에 모두 넣고 비비고 섞어 다 망쳐 버리는 거예요. 수많은 실패를 승리처럼 축하하고, 청소년의 가장 내밀한 감성을 그 어떤 허수아비를 위해 이용한다든가 하지요. 그런데 또 한편으로 청소년들은 아주 쉽고 편하기만 하답니다. 라디오에서 나오는 바보 같은 소리를 듣고, 베껴 내기만 하면 학교 성적은 최고로 받으니까요. 아직 몇몇은 남았지만. 하느님께 감사할 일입니다!"

"몇몇이라니 무슨 말이죠?"

카이사르는 두려운 듯 주변을 살피더니, 내 쪽으로 달라붙어서 아주 작게 말했다. "내가 아는 어떤 부인이 있는데, 그 아들이 고등학교에 다닌다오. 이름은 로베르트고 열다섯 살이지요. 최근에 어떤 책 한 권을 읽었다고 하더라고, 몰래, 아니, 성애와 관련된 책이 아니라 허무주의 책이래요. 『인간적 삶의 가치에 대하여』라는 책인데, 엄중한 금서예요."

우리는 서로를 살폈다. 술을 마셨다.

"그러니까 선생님은 아이 몇몇이 몰래 책을 읽는다고 믿는 거죠?"

"믿는 것이 아니라, 아는 거예요. 그 부인 집에서 아이들이 종종 만난다는데, 부인이 걱정에 정신이 나갈 정도예요. 그 애들은 뭐든 다 읽는대요. 하지만 비웃기 위해 읽는다는군요. 명청이의 천국에 사는 녀석들의 이상(理想)은 비웃음이지요. 차가운 시절이 올 겁니다. 물고기의 시대가."

"물고기의 시대요?"

"나는 아마추어 점성술사이긴 하지만 지구는 돌면서 물고기의 징후로 진입하고 있어요. 그러니 인간의 영혼은 물고기의 얼굴처럼 경직되겠지요."

이것이 전부다, 율리우스 카이사르와 길게 나눈 대화 중 내 기억에 남은 것이라곤. 또 내가 말하는 동안 카이사르가 해골 머리 넥타이핀에 불을 켜 대며 나를 자극하던 것도 기억난다. 정신 못 차릴 정도로 취했어도 내가 그런 일에 반응하지는 않지.

그러고는 어느 낯선 방에서 깨어난다. 나는 낯선 침대에 누워 있다. 어둠 속에서 누군가의 조용한 숨소리가 들린다. 여자다. 아하. 여자는 자고 있다. 금발이었나? 아니면 흑발, 갈색, 빨강 머리? 기억이 나지 않는다. 꼬락서니하고는. 스탠드를 켤까? 아니다, 잠이나 자라.

나는 조용히 일어나 창문으로 다가간다.

아직은 밤이다. 아무것도 보이지 않는다. 거리도 집도. 다만 모두 안개일 뿐. 저 멀리 전등 불빛이 안개 위로 내려 비치고, 안개는 바다와 같다. 마치 내 창이 물속인 듯하다.

나는 더 이상 밖을 내다보지 않는다.

계속 내다보면 물고기들이 창가로 헤엄쳐 와 안을 들여다볼 것이다.

골키퍼

아침에 집으로 돌아오니, 여주인이 기다리고 있었다. 꽤나 흥분한 상태였다. "어떤 남자분이 왔어요." 여주인이 말을 잇는다. "20분도 더 넘게 선생님을 기다렸는데, 일단 거실로 안내했어요. 대체 어디 가셨던 거예요?"

"아는 사람 집에요. 교외에 사는데 지난밤 마지막 기차를 놓쳤어요. 그래서 그냥 외박했습니다."

나는 거실로 들어섰다.

키가 작고 수수해 보이는 남자가 피아노 옆에 서 있었다. 남자는 레코드앨범을 넘겨 보고 있었는데, 그가 누구인지 나는 바로 알아보지 못했다. 남자의 눈은 충혈되어 있었다. 밤을 새웠나 보다 생각했다. 아니면 울었을까? "저는 W의 아버지입니다."라고 남자는 말한다. "선생님, 꼭 좀 도와주세요, 끔찍한 일이 생겼습니다. 제 아들이 죽습니다!"

"뭐라고요?!"

"네, 여드레 전에 경기장에서 축구를 보고 와서는 호되게 감기에 걸렸는데, 기적만이 아이를 살릴 수 있다고 의사가 말하네요. 하지만 기적이란 없잖아요, 선생님. 아이 엄마는 아직 모르는데, 저는 어떻게 말해야 할지도 모르겠습니다. 정신이 잠깐 잠깐씩 돌아온답니다. 선생님, 정신을 못 차릴 때는 고열에 헛것을 보다가, 의식이 돌아오면 누군가를 꼭 봐야겠다고 하네요."

"저를요?"

"아니요, 아니요, 선생님 말고요. 지난 일요일 축구 시합에서 경기를 잘했던 골키퍼를 만나고 싶다는군요, 그 골키퍼가 우리 애 최고의 우상이랍니다! 그래서 생각을 해 보니, 어쩌면 선생님께서는 어디로 가면 골키퍼를 만날 수 있을지 아실 것 같았어요. 그리고 혹시 부탁하면 그 선수가 와 줄 수도 있지 않을까 싶기도 했고요."

"어디 사는지 제가 알아요."라고 말했다. "그분과 이야기해 보겠습니다. 우선 집으로 가 계세요. 골키퍼와 함께 댁으로 가지요!"

그는 갔다.

재빨리 옷을 갈아입고 나도 길을 나섰다. 골키퍼에게. 그는 우리 집 근처에 산다. 골키퍼의 여동생이 운영하는 스포츠 상점을 안다.

일요일이어서 상점 문은 닫혔다. 하지만, 골키퍼는 같은 건물에 산다, 사 층이다.

그는 마침 아침 식사 중이었다. 방은 트로피로 가득했다. 바로 함께 가겠다고 했다. 아침 식사를 두고 나보다 먼저 계단으로 내려갔다. 택시를 잡더니, 택시비도 내가 치르지 못하게 했다.

현관에서 학생 아버지가 우리를 맞았다. 아버지는 그새 더 작아 보였다. "아직 정신이 안 돌아왔어요." 아버지가 작게 말했다. "의사 선생님은 계시고요. 두 분, 어서 들어오세요. 골키퍼님, 정말 감사합니다!"

방은 조금 어두웠고, 구석에는 큼지막한 침대가 있었다. 그 침대에 아이가 누워 있었다. 얼굴이 시뻘겋게 달아올라 있는데, 생각해 보니 그 아이는 반에서 가장 작았다. 학생의 어머니도 마찬가지로 작았다.

키가 큰 골키퍼는 어정쩡하게 서 있었다. 여기 이렇게 자신을 진심으로 응원하는 팬이 누워 있다. 골키퍼를 보고 환호하는 수천 명의 사람들, 그를 보면 환호하고 그의 이력을 꿰고 그에게 사인을 해 달라 청하며, 축구장에서도 신이 나 골대 뒤에 앉으려 하고, 경기장 질서 요원이 쫓아내려 드는 그런 팬들 중 하나였을 것이다. 골키퍼는 조용히 침대맡에 앉아 W를 바라보았다.

어머니가 침대 쪽으로 고개를 숙이며 말했다. "하인리히, 골키퍼 선수가 왔어."

소년은 눈을 뜨고 선수를 알아보았다.

"좋다." 소년이 웃음을 머금었다.

"내가 왔단다." 선수가 말했다. "나를 만나고 싶어 했다며."

"잉글랜드랑은 언제 시합해요?" 소년이 물었다.

"신들만이 아시겠지." 골키퍼가 말했다. "연맹 내에서 분쟁 중인데, 최고 운동청이 분쟁의 불씨를 키우고만 있거든. 그래서 일정을 잡기가 어렵고……. 내 생각에는 스코틀랜드랑 먼저

붙을 것 같구나."

"스코틀랜드랑은 더 쉽죠……."

"아하, 스코틀랜드 선수들의 공은 굉장히 빠르단다, 어떤 상황에서든."

"더요, 더 얘기해 주세요!"

골키퍼는 이야기를 계속 이어갔다. 유명한 승리전과, 부당하게 패배한 경기들, 엄격한 주심과 부패한 부심들에 대해 이야기했다. 그는 일어서서 의자 두 개를 가져와 골대로 두고, 패널티킥 두 개를 연속해서 어떻게 막아 내었는지 보여 주었다. 리스본 경기에서 무턱대고 방어하다가 생긴 이마의 흉터도 보여 주었다. 또 그 머나먼 나라들에서 자신의 보물 같은 골대를 어떻게 지켜 냈는지에 대한 이야기, 아프리카에서는 베두인족이 총검을 들고 관중석에 앉아 있었다는 이야기, 또 몰타섬은 아름다웠지만, 경기장은 돌로 되어 있었다는 이야기 등을 들려주었다.

골키퍼가 계속 이야기하는 사이에, W는 잠들었다. 편안한 미소를 지은 채로 고요하고 평화롭게…….

장례식은 수요일에 치러졌다. 오후 한 시 반이었다. 삼월의 해가 빛났고 부활절은 머지않았다.

관은 파 놓은 땅속에 놓였고, 우리는 무덤 주위에 둘러섰다.

교장 선생님과 학교의 거의 모든 교사들이 참석했는데 별난 물리 선생만 빠졌다. 신부님은 추도사를 했고, 학생의 부모님과 일가친척들은 그 자리에 미동 없이 서 있었다.

우리 맞은편에는 같은 반 학생들이 반원 모양으로 빙 둘러섰다. 스물다섯 명 모두.

무덤 옆으로 꽃이 놓였다. 노란색과 초록색의 리본이 달린 근사한 화환에는 "마지막 인사, 너의 골키퍼가."라고 쓰여 있었다.

신부님이 피고 꺾이는 꽃을 언급하는 사이에 나는 N을 보았다.

N은 L, H, F 뒤에 서 있었다.

나는 그 애를 관찰했다. N은 아무런 표정이 없었다.

이제는 그 애가 나를 응시한다.

N은 숙적이다라는 느낌이 들었다. 저 아이는 네가 타락한 인간이라고 생각할 거야. N이 언젠가 나이 들면 너는 어떻게 될까! 모든 것을, 네 기억의 폐허까지도 N은 다 망가뜨려 버리겠지!

저 애는 네가 이미 오래전에 구덩이 속에 파묻혔기를 바랄 거야. 그러고는 네 무덤마저도 없앨 테지, 네가 살았던 사실조차 그 누구도 모르도록 말이야.

네가 N의 생각을 간파하고 있다는 것을 N이 알아채게 해서는 안 돼! 하는 생각이 번뜩 들었다. 소박한 네 이상들은 잘 간직해 둬, N 뒤로 다른 아이들이, 다른 세대가 올 테니. N, 이 친구야, 네가 나보다는 더 오래 살겠지만, 너보다는 내 이상이 더 오래 살아남을 것이다!

이런 생각을 하는 동안 N 말고도 다른 누군가가 나를 지켜본다는 느낌이 들었다. T였다.

T는 잘난 척하면서 조용히 비웃고 있었다.

저 아이는 내 생각을 짐작하는 걸까?

T는 여전히 웃지만 이상하게 굳어 있다.

동그랗고 흐린 두 눈으로 나를 응시한다. 빛나지도 않고, 반짝임도 없다.

물고기인가?

전면전

삼 년 전 교육감독청에서 제정한 규정으로 부활절 방학은 어떤 의미에서는 없어진 것이나 마찬가지였다. 전 중등학교를 대상으로 한 지령에 따라 학생들은 부활 축일인 월요일 다음 날부터 열흘간 야영장에서 지내야만 했다. '야영장'은 사전 군사훈련을 뜻했다. 학생들은 학급별로 소위 탁 트인 자연으로 나가 군인처럼 막사를 치고 캠프 생활을 하는데, 이를 학급 교사가 감독했다. 퇴역한 하사관들이 학생들을 지도하고, 학생들은 훈련과 행군을 해야 하며, 만 십사 세부터는 사격도 의무였다. 당연히 학생들은 신났고, 선생인 우리도 마찬가지였는데, 인디언 놀이는 우리도 좋아하기 때문이었다.

부활절 화요일, 변두리 어느 작은 마을의 주민들은 대형 버스가 마을로 들어오는 것을 보았다. 소방차라도 들어오는 듯 운전기사는 경적을 울렸고, 깜짝 놀란 거위와 닭들은 여기저기로 도망 다녔으며 개가 짖어대며 모든 것들이 뒤섞였다. "사내아이들이 왔네! 도시에서 사내아이들이!" 학교에서 이른 아침 여덟 시에 출발했는데, 마을 청사에 도착했을 때는 이미 두 시 반이었다.

시장이 우리를 맞아 환영했고, 경찰서장은 거수경례로 인사했다. 마을 선생님도 당연히 광장에 배석해 있었고, 지각한 신부는 서둘러 광장으로 달려왔는데, 둥글둥글하고 친절해 보였다.

시장은 지도에서 야영장의 위치를 보여 주었다. 느긋하게 걸으면 한 시간 정도 걸리는 거리였다. "부사관은 벌써 가 있습니다. 공병 두 명은 차로 천막 방수포를 가지고 올라갔고요, 아주 이른 새벽에요!"

학생들이 차에서 내려 짐을 모두 모으는 동안 나는 지도를 다시 살핀다. 마을은 해발 761미터에 있으니 우리는 꽤 높은 산 근처에 있구나. 이천 미터가 넘는 높은 고산 근방에. 그렇게 높은 산 너머에는 진정 높고 깊은 만년설의 산이 있다. "이건 뭐죠?" 나는 마을 지도에 표시된 건물 여러 동을 가리킨다. 마을의 서쪽 변두리였다. "우리 공장입니다," 시장은 말한다. "이 구역에서 가장 큰 제재공장이었는데, 안타깝게도 작년에 폐쇄되었어요. 채산성 때문이지요……." 이렇게 덧붙이며 가볍게 웃는다. "지금은 실업자가 많습니다. 큰일이에요."

마을 선생이 이 대화에 끼어들어 제재공장이 어떤 콘체른 소유라고 자세히 알려 주는데, 선생은 주주나 이사회를 지지하지 않는다는 것을 알 수 있었다. 나 역시 그렇다. 마을 선생님은 마을 사람의 반 정도가 말도 안 되는 노임을 받거나 가내수공업으로 연명하며, 아이들 셋 중 한 명은 영양실조일 만큼 마을이 가난하다고 알려 준다.

"그래요, 그래요," 경찰서장이 웃으며 말한다. "이곳 자연은 참 아름다워요!"

야영장으로 출발하기 전에 신부가 나를 옆으로 끌더니 말한다. "들어보세요, 선생님. 별일은 아니지만 주의가 필요할 것 같아 말씀드려요. 선생님네 야영장에서 한 시간 반 정도 더 가면 성이 하나 있답니다. 국가에서 그 성을 샀는데, 지금은 그곳에 여학생들이 머물고 있어요. 선생님네 남학생들과 나이가 비슷하겠군요. 여학생들은 낮에는 내내 행군하고 밤에도 여기저기 다닌답니다. 무슨 불평불만이 들려오지 않게 신경 좀 써 주세요……." 신부는 살짝 웃는다.

"신경 쓰겠습니다."

"나쁜 뜻은 아닙니다." 신부는 말한다. "고해실 의자에 삼십오 년 앉아 있다 보면, 한 시간 반 거리에도 의심이 생긴답니다." 신부는 웃는다. "한 번 오세요, 선생님, 아주 좋은 와인을 새로 받았으니!"

정각 세 시에 우리는 행군을 시작한다. 골짜기를 지나 오른쪽 비탈길로 오른다. 꼬불꼬불한 길이다. 뒤돌아 골짜기를 내려다본다. 숲은 깊고 송진향이 난다. 드디어 환해진다. 앞에 평지가 있는데, 그곳이 우리 야영지다. 산에 더욱 가까워졌다.

부사관은 공병 둘과 함께 천막 방수포에 앉아 카드 게임을 하고 있다. 그들이 우리를 보더니 재빨리 일어나고 부사관은 내게 군대식으로 인사를 한다. 오십 대 정도의 퇴역군인이다. 수수한 안경에 분명 나쁜 사람은 아니다.

이제 작업을 시작한다. 부사관과 공병들은 학생들에게 천막 치는 방법을 보여 주고, 나도 함께 작업한다.

야영지 한가운데에 사각형으로 자리를 남겨 두고 그곳에 우리의 깃발을 꽂는다. 세 시간이 지나니 도시 하나가 세워졌다. 공병들은 거수경례를 하고는 마을로 내려간다.

깃대 옆에 큰 상자가 있고, 그 안에는 총기가 있다. 과녁을 세운다. 낯선 제복을 입힌 목각 군인들이다. 저녁이 되어, 불을 피우고 식사 준비를 시작한다. 음식은 맛있고, 우리는 군가를 부른다. 부사관은 독주를 마시고 그의 목소리는 점점 쉬어 간다. 산에서 바람이 불어온다.

"고산 빙하의 바람이 불어와요." 학생들이 말하며 콜록거린다.

나는 죽은 W를 생각한다.

그래, 너는 반에서 제일 작았지……. 그리고 제일 친절했어. 아마도 너만은 검둥이들에 반하는 그런 글을 쓰지 않았을 거야. 그래서 가야만 했던 것이구나. 어디에 있니, 지금?

천사가 너를 데려갔을까, 동화처럼?

천사가 너를 데리고 저세상의 모든 축구 선수들이 축구하는 곳으로 날아갔으려나? 그곳은 골키퍼도 날고, 누군가 공 뒤로 따라 날며 패스하면 호각을 불어 경기를 중단하는 특별한 주심이 있는 곳일까? 하늘에서는 그런 것이 오프사이드일 테니 말이야. 좋은 자리에 앉았니? 당연하겠지, 그 위에서라면 누구나 지붕 덮인 관중석에 앉겠지, 첫 줄의 중앙에 말이야. 너를 항상 골대 뒷자리에서 쫓아내려던 경기장의 못된 질서 요원들은 이제 거인들 뒤에 서서 경기장을 들여다볼 수도 없겠지…….

밤이다.

우리는 취침하러 간다. “내일부터는 본격적으로 시작한다!” 부사관이 말한다.

부사관은 나와 같은 천막에서 잔다.

그는 코를 곤다.

시간을 보려고 작은 램프에 불을 다시 붙이다가 내 쪽 천막 벽의 검붉은 얼룩을 본다. 저게 뭐지?

그리고 나는 내일부터는 본격적으로 시작한다는 말을 되새긴다. 그래, 본격적으로. 깃대 옆 상자 안에 전쟁이 들어 있다. 그래, 전쟁이.

우리는 전장에 있다.

이어 나는 공병 두 명을 떠올리고, 퇴역하였지만 앞으로 지휘 통솔을 하게 될 부사관을 생각하며, 세워 놓고 사격 훈련을 하게 될 목각 군인들을 생각한다. 교장 선생님을 떠올리고, N과 그의 아버지, 필리피에서 만난 제빵장을 떠올린다. 또 더 이상 톱질을 하지 않는 제재소를 생각하고, 그럼에도 돈을 더 많이 버는 주주들과, 웃는 경찰과 술 마시는 신부와 살아선 안 되는 검둥이를 생각하고, 더 이상 살 수 없는 가내수공업 노동자들과 교육감독청 그리고 영양실조에 걸린 아이들을 생각한다. 그리고 물고기를 생각한다.

우리 모두는 전장에 있다. 그렇다면 전방은 어디인가?

밤바람이 불어오고, 부사관은 코를 곤다.

저 검붉은 얼룩은 뭐지?

피인가?

행군하는 비너스

해가 뜨고 우리는 기상한다. 개울가에서 씻고 차를 끓인다. 아침 식사 후에 부사관은 키 순서로 남자애들을 두 줄로 정렬한다. 학생들은 구령에 맞추어 숫자를 세고, 부사관은 학생들의 조와 분대를 나눈다. "오늘은 사격이 없다." 부사관이 이어서 말한다. "오늘은 군사훈련만 조금 하겠다!" 부사관은 두 열이 흐트러짐 없이 정확한 일직선인지 확인한다. 한쪽 눈을 감고서 말한다. "조금 앞으로, 조금 뒤로…… 특히, 저기 뒤에서 세 번째! 너는 1킬로미터나 더 앞으로 나와 있다!" 뒤에서 세 번째는 Z이다. Z가 정렬을 어려워하는 것이 조금 의아했는데, 갑자기 N의 목소리가 들린다. N이 Z에게 크게 소리친다. "이쪽으로, 멍청아!"

"뭐, 뭐, 뭐야!" 부사관이 말한다. "거친 말은 안 된다! 예전에는 군인이 욕을 하기도 했지만, 이제 모욕은 없다. 새겨듣는다, 알았나?!"

N은 말이 없다. N의 얼굴이 빨개지고, 스치듯 나와 눈이 마주친다. N은 너를 바로 목 졸라 죽이고 싶을걸, 나는 그런 느

낌이 들었다. 지금 저 애가 모욕을 당했으니 말이다. 나는 기분이 좋아도 웃지는 않는다.

“연대, 앞으로!” 부사관이 명령을 내리자, 연대가 앞으로 나아가기 시작한다. 앞에는 키 큰 아이들이, 뒤에는 작은 아이들이 따라간다. 그리고 아이들은 곧 숲으로 사라진다. M과 B 두 명은 나와 함께 훈련소에 남았다. 감자를 깎고 수프를 만든다. 두 아이는 말은 없지만 신나서 감자를 깎는다.

“선생님!” M이 갑자기 부른다. “저기 보세요, 이쪽으로 오는데요!” 그쪽을 바라보니, 군대식으로 정렬한 여학생 스무 명이 배낭을 메고서 우리 쪽으로 행군해 오는데, 가까워지니 여학생들의 노랫소리가 들린다. 빽빽대는 고음으로 군가를 부르고 있다. B는 큰 소리로 웃는다. 그러자 그들이 우리 야영지를 보고서 멈춰 선다. 여성 지도자가 여학생들에게 무어라 말을 하고 혼자서 우리 쪽으로 온다. 이백 미터 정도 떨어져 있다. 나도 지도자 쪽으로 향한다.

서로 소개를 하는데, 여자는 조금 더 큰 지방 도시의 선생이고, 여학생들은 선생의 학생이다. 그들은 지금 성에서 묵는단다. 그러니까 신부가 내게 경고했던 그 성의 여학생들이다.

동료 선생을 그쪽으로 데려다주면서 나를 응시하는 여학생들을 보니, 그들은 들판의 소 떼 같다. 그래, 신부님이 걱정하실 필요는 전혀 없겠어. 아무래도 여기 이 피조물들이 마음을 끌 만해 보이지 않거든!

땀에 절어 더럽고, 말쑥하지 않아서 보는 누구도 기분이 좋아지지 않잖아.

적어도 생각을 읽어 내는 데는 여자의 직감이 그대로 작동해 나의 생각을 짐작했는지 여선생이 이렇게 말한다. “우리는 번쩍이는 장식도, 아기자기한 놀이도 신경 쓰지 않는답니다. 예쁘게 보이는 것보다 성과라는 원칙이 더 중요한 가치이지요.”

나는 그 선생과 여러 가지 상이한 원칙들의 무가치에 대해서 굳이 토론하고 싶지 않아 이렇게만 말한다. “아, 네!” 그러고는 이런 가련한 짐승들 옆에 있으니 N마저도 아직은 사람이군이라는 생각이 든다.

“우리는 아마존 여전사들이니까요.” 여선생은 말을 이어 간다. 아마존 여전사들은 전설일 뿐이지만, 당신들은 안타깝게도 현실이잖소. 잘못된 길로 끌려가는 에바의 딸들이여!

율리우스 카이사르가 떠오른다.

카이사르는 배낭 멘 비너스에 환호하지 못한다. 나 또한…….

다시 진군하기 전에 선생은 여학생들이 오늘 오전에 실종 조종사를 찾을 것이라고 말한다. 왜, 누가 추락했나요? 그게 아니라, ‘추락한 조종사 찾기’라고 새로운 군스포츠 게임인데, 청소년 여학생 용이란다. 숲속 어딘가 가지 많은 작은 관목 아래 크고 흰 상자 하나를 숨겨 놓으면 여학생들이 열을 지어 그룹으로 상자를 찾아다니는 게임이다. “전쟁이 일어날 경우를 대비한 거예요,” 추가로 설명까지 하느라 말을 잇는다. “그러면 누군가 추락했을 때 우리가 바로 투입될 수 있잖아요. 후방일 뿐이지만 말이죠. 안타깝게도 여자들은 전방에는 갈 수 없으니까요."

안타깝군!

그리고 그들은 군대식으로 정렬해 다시 이동한다. 나는 그들을 바라본다. 그렇게 진군하다 보면 짧은 다리들이 더 짧아지겠어. 그리고 더 두꺼워지겠지.

계속 앞으로 진군하시지, 미래의 어머니들이여!

잡초

하늘은 부드럽고, 땅은 창백하다. 세상은 한 폭의 수채화이다, 제목은 '사월'.

나는 훈련장 주위를 돌아, 들길을 따라 걷는다. 저 언덕 뒤에는 무엇이 있지?

길은 덤불을 피해 에둘러 가도록 나 있다. 대기는 고요하다. 영원한 안식 같다. 으르렁 소리도 스르륵 소리도 들리지 않는다. 대부분의 딱정벌레는 아직 잠을 잔다.

언덕 뒤 분지에 인적 없는 농가가 하나 있다. 아무도 보이지 않는다. 개도 어딘가로 간 모양이다. 다시 언덕 아래로 내려가려다가 나는 문득 멈춘다. 농가 쪽으로 연결되는 좁은 길의 울타리 뒤로 문득 인적이 보이는데, 셋이다. 둘은 남자고, 하나는 여자아이인데 몸을 숨기고 있다. 남자애들은 열세 살쯤, 여자애는 그보다 두 살쯤 더 들어 보인다. 모두 맨발이다. 저기서 뭐 하는 거지, 왜 숨어 있는 거야? 나는 지켜본다. 남자아이 한 명이 일어나 농가 쪽으로 막 가려다가, 깜짝 놀라 움찔하면서 잽싸게 다시 울타리 뒤로 숨어 들어간다. 마차가 쩔그렁하는 소리가 들린다. 커다란 말들이 나무가 실린 짐마차를 끌며 서서히 지나간다. 마차가 더 이상 보이지 않자, 남자아이는 다시 농가 쪽으로 향하고, 현관으로 가 문을 두드린다. 망치로 두드리는 것 같았는데, 소리가 꽤 크게 울렸기 때문이다. 남자아이는 문에 귀를 대고, 다른 두 아이들도 귀 기울인다. 여자애는 몸을 위로 쭉 뻗어 울타리 너머를 살핀다. 저 아이는 키가 크고 말랐구나라고 나는 생각한다. 남자아이가 문을 다시 한 번 더 크게 두드릴 기세다. 그때 문이 열리면서 농부 할머니가 밖으로 나왔고, 몸을 구부린 채 지팡이에 기대어 섰다. 킁킁거리기라도 하듯이 주변을 살핀다. 남자아이는 아무 소리도 내지 않는다. 할머니는 갑자기 크게 외친다. "누가 왔어요?!" 남자애가 바로 코앞에 서 있는데 왜 소리를 지르지? 다시 외친다. "누구냐고요?!" 지팡이에 의지해 손으로 더듬어 보는데 남자아이를 비껴가는 것을 보니, 아이를 보지 못하는 것 같다……. 안 보이나? 여자아이는 열린 문 쪽을 가리키고, 명령을 받들듯 남자아이는 까치발로 소리 없이 집 안에 들어간다. 할머니는 여전히 서서 귀를 세운다. 그렇군, 맹인이다. 집 안에서 바로 접시가 깨지는 듯 쨍그랑 소리가 난다. 맹인 노파는 깜짝 놀라 흠칫하더니 소리를 지른다. "도와줘요, 도와줘요……!" 바로 그때 여자애가 할머니를 향해 달려들더니 입을 막으며 지팡이를 뺏어 버리고, 남자애는 빵 한 쪽과 화병을 들고 문 앞에 나타난다. 나는 내리닫는다. 눈이 보이지 않는 노인은 중심을 잃고 흔들거리더니 넘어지고, 아이들 셋은 사라져 버린다.

흐느껴 우는 노인을 일으켜 세운다. 농부 한 명이 노인의 비명을 듣고 달려와 나를 돕는다. 우리는 노인을 집 안으로 데려가고, 나는 농부에게 본 대로 말한다. 농부는 그다지 놀라지 않는다. "네네, 할머니를 꼬여 불러낸 거죠, 문이 열리면 들어갈 수 있으니. 항상 똑같은 부랑아 녀석들인데, 잡을 수가 없어요. 까마귀처럼 훔치는 녀석들이에요, 도적단이지요!"

"아이들이요?!"

"네," 농부는 고개를 끄덕인다. "저 너머 여학생들이 있는 성에서도 벌써 훔쳤어요. 옷가지가 반 이상 털렸고요. 그 아이들이 선생님네 야영장에 가지 않도록 조심하세요!"

"네, 그럼 안 되죠! 주의하겠습니다!"

"걔들은 뭐든지 할 거예요. 잡초라서, 모조리 없애 버려야 해요!"

실종 조종사

나는 훈련장으로 돌아간다. 눈먼 노파는 안정을 찾더니 내게 고마워했다. 무엇 때문에? 바닥에 엎어져 있는 노인을 그냥 그렇게 내버려 두지 않는 것은 당연한 일 아닌가? 그 아이들, 야비하고 거친 무리다.

문득 이상한 기분에 나는 잠시 멈춰 선다. 사실 나는 야만적인 행위에 대해서는 격분하지도 않고, 빵을 훔친 것에 대해서도 신경을 쓰지 않으며 단지 판결을 내리듯 판단만 하고 있다. 왜 분노하지 않는가? 그 애들이 입에 넣을 것도 없는 불쌍한 애들이라서? 아니야, 그건 아닌데.

모퉁이를 길게 둘러 가야 하는 길이어서 나는 질러간다. 방향감각이 좋으니 야영장을 찾을 수 있을 터다.

덤불 숲을 질러간다. 이곳에서는 잡초가 자란다, 아주 잘 자란다. 키를 바짝 세우고는 울타리 너머를 바라보던 그 여자아이를 계속 떠올린다. 여자아이가 도적단 두목일까? 그 아이의 눈이 보고 싶군. 그래, 나는 성인(聖人)이 아니잖아!

덤불 숲은 점점 더 깊어진다.

저게 뭐지?

흰 상자다. 상자에 붉은 글씨로 쓰여 있다. '비행기'. 아하, 이게 그 실종 조종사군! 여학생들이 아직 못 찾은 거야.

그러니까, 조종사께서 여기로 추락하셨다는 거지? 공중전이었을까, 아님 고사포를 맞으셨나? 자네는 전투기 조종사였나? 하지만 이제는 완전히 박살 나, 다 탄 숯덩이가 되어 거기 그렇게 계시는군, 상자여, 상자여!

아니면, 아직도 살아 있나? 부상이 심한데 아직 구조되지 못한 것인가? 적군이냐 아군이냐? 지금 무엇을 위해 죽어 가는가, 조종사여, 상자여, 상자여!

그때 목소리가 들렸다. "누구도 바꿀 수는 없잖아……." 여자 목소리다. 슬프면서도 따스하다.

덤불 쪽 깊숙한 곳에서 들려온다.

나는 조심히 가지를 옆으로 젖힌다.

그곳에는 성의 여학생 둘이 앉아 있다. 그들의 다리는 짧고 굵다. 한 명은 손에 머리빗을 들고, 다른 한 명은 울고 있다.

"사라진 조종사, 알 게 뭐야?" 한 아이가 훌쩍인다. "무엇 때문에 이렇게 숲속을 돌아다녀야만 해? 다리가 얼마나 부어올랐는지 봐 봐. 더 이상 진군하고 싶지도 않아! 사라진 조종사, 죽어 버리라지! 나도 살고 싶단 말이야! 그래, 나 갈래, 애니야, 갈 거야! 더는 성에서 자고 싶지도 않아, 감옥이잖아! 목욕도 하고, 빗이랑 브러시로 머리도 다듬고 싶단 말이야!"

"진정해," 애니가 위로하며 우는 여학생의 기름진 머리를 정성스럽게 벗겨 준다. “우리 같은 불쌍한 여자애들이 뭘 하겠어? 선생님도 얼마 전에 남모르게 우시더라. 우리 엄마가 그러는데, 남자들이 미쳐서 어떤 법을 만들어서 그런 거래.”

나는 귀를 기울인다. 남자들이?

애니는 이제 여자친구의 이마에 입을 맞춘다. 나는 부끄럽다. 오늘 나는 얼마나 쉽게 그들을 조롱했던가!

그래, 애니의 엄마가 맞을지도 모르겠다. 남자들은 미쳤고, 미치지 않은 남자들은 용기가 없다. 그래서 날뛰는 미치광이들에게 구속복을 입히지 못하는 거지.

그래 맞다, 그 애 엄마가.

나 역시 비겁하구나.

집으로 가라!

나는 야영장에 들어선다. 감자는 다 깎아 준비되었고, 수프에서도 김이 올라온다. 연병장은 다시 집이다. 사내아이들은 신나 하는데, 부사관만 혼자 머리가 아프다 한다. 무리한 모양인데, 인정하려고는 않는다. 갑자기 부사관이 묻는다. "내 나이가 몇 살일 것 같아요, 선생님?" "대략 오십쯤이요." "예순셋이랍니다." 그는 흡족한 듯 웃는다. "벌써 지난 세계 대전에 민병대로 참여했지요." 부사관이 전쟁담을 시작하겠구나 하고 우려하는데, 괜한 걱정이다. "전쟁 얘기는 하지 맙시다." 한다. "아들 셋이 다 컸답니다." 부사관은 생각에 잠긴 듯 산을 바라보더니 아스피린 한 알을 삼킨다. 사람이구나.

나는 도적단에 대해 이야기한다. 부사관이 벌떡 일어나더니 아이들을 소집한다. 연대를 향해 연설한다. 밤에 보초를 세울 것이다, 전체 동, 서, 남, 북 각 한 명씩, 두 시간마다 교대한다. 피에 맹세코 최후의 한 명까지 야영장을 수호해야 한다!

아이들은 신이 난다. "우와!"

"이상하군요." 부사관이 말한다. "더 이상 머리가 아프지 않네요…….”

점심을 먹고 나는 마을로 내려간다. 시장과 의논할 문제가 몇 가지 있다. 형식적인 것들과 식량 공급에 관한 문제다. 먹을 것이 없으면 군사훈련도 할 수 없지 않은가.

시장을 만나는 자리에서 신부도 만나는데, 신부는 좋은 와인이 새로 들어왔으니 꼭 마셔 봐야 한다며 나를 좀체 그냥 두지 않는다. 나는 술을 즐겨 마시는 데다, 신부는 유쾌한 사람이니.

신부와 함께 마을을 지나는데, 농부들이 신부에게 인사한다. 사제관으로 가는 가장 빠른 길로 나를 인도한다. 이제 뒤쪽 길로 접어든다. 그곳에서 농가는 끝난다. “여기에는 가내수공업자들이 살지요.” 이렇게 말하고 신부는 하늘을 올려다본다.

잿빛 집들이 다닥다닥 붙어 있다. 열린 창가에는 얼굴이 해쓱하고 찌든 어린아이들이 앉아 인형을 알록달록하게 칠하고 있다. 아이들 뒤로는 어둡다. “불을 아끼는 겁니다.”라고 신부가 말하더니 덧붙인다. “저 아이들은 내게 인사를 하지 않아요. 증오하도록 사주받은 거지요.” 신부는 갑자기 걸음을 재촉한다. 나도 따른다.

동그란 두 눈으로 아이들은 나를 바라본다, 이상하게도 굳어 있다. 아니, 물고기는 아니다, 경멸도 아니고, 증오다. 그 증오 뒤쪽 어두운 방 안에 슬픔이 앉아 있다. 불이 없으니 불을 아낀다. 사제관은 성당 옆이다. 성당 건물은 근엄하고, 사제관은 편안하다. 묘지는 성당을 에워싸고, 정원은 사제관을 두른다. 성당 탑에서는 종이 울리고, 사제관 굴뚝에서는 푸르스름

한 연기가 올라온다. 죽은 이들의 정원에서는 백색의 꽃이, 신부의 정원에서는 채소가 자란다. 저쪽에는 십자가가, 여기에는 정원용 난쟁이 장식이 있다. 휴식하는 노루와 버섯 한 송이 장식도 함께.

사제관 내부는 청결하다. 공기 중에 먼지 한 톨도 날리지 않는다. 옆의 묘지에서는 모든 것이 먼지가 된다.

신부가 제일 좋은 방으로 나를 인도한다. "앉으세요, 와인을 가지고 오지요!"

신부는 지하실로 내려가고, 나는 혼자 남는다.

앉지 않는다.

벽에는 그림이 한 점 걸려 있다.

아는 그림이다.

부모님 댁에도 걸려 있다.

내 부모님은 매우 독실하다.

전쟁에서 나는 하느님을 버렸다. 하느님이 어떻게 세계 대전을 허용할 수 있는지 이해하라는 것은 철없는 한창나이 녀석에게는 지나친 요구였다.

나는 계속 그림을 살핀다.

신은 십자가에 매달려 있다. 죽었다. 마리아는 울고 요한은 그런 마리아를 위로한다. 어두운 하늘에는 번개가 번쩍인다. 그림 전면 오른쪽에 전사 한 명이 서 있다. 갑옷에 투구를 갖춘 로마의 백인(百人)대장이다.

그림을 이렇게 자세히 살피다 보니, 내 아버지 집이 그리워진다.

다시 어렸으면 좋겠다.

폭풍이 치면, 창밖을 내다볼 수 있으니.

구름이 낮게 깔리거나, 천둥이 치거나, 우박이 내려도.

날이 어두워져도.

내 첫사랑이 떠오른다. 첫사랑을 다시 보고 싶지는 않다.

집으로 가라!

의자도 떠오른다. 내가 앉아 고민하던 의자다. 너는 커서 뭐가 될래, 선생님, 아님 의사?

나는 의사보다는 선생님이 되고 싶었다. 아픈 사람들을 치료하는 것보다 건강한 사람들에게 무엇인가를 전해 주고 싶었다. 더 좋은 미래를 짓기 위한 아주 작은 돌 하나 같은 그런 무엇 말이다.

구름이 몰려오고, 이제 눈이 온다.

집으로 가라!

집, 네가 태어난 곳으로. 이 세상에서 아직 무엇을 찾고 있는 것이냐?

선생 일은 더 이상 즐겁지 않다.

집으로 가라!

이상적 인간을 찾아

신부의 와인에서는 태양의 맛이 난다. 케이크에서는 제단의 향이. 우리는 구석에 자리 잡는다.

신부는 내게 사제관을 보여 주었다.

그의 조리사는 뚱뚱하다. 음식은 분명 잘할 테지.

"나는 많이 먹지는 않습니다." 문득 신부가 말한다.

내 생각을 읽은 건가?

"그 대신 더 마시지요." 신부는 이렇게 말하며 웃는다.

나는 제대로 웃을 수 없다. 와인은 맛이 있지만, 맛이 없다. 나는 말을 하다가도 멈칫하고, 계속 거북하다. 왜 이러는 거지?

"알지요, 선생님의 고민," 신부가 말한다. "아이들을 생각하시죠? 창가에 앉아 인형에 색칠하느라 인사도 하지 않던 그 아이들 말이에요."

그렇다, 그 아이들도 생각한다.

"놀라시는군요, 선생님의 생각을 읽는 듯하니까요. 하지만 그다지 어려운 일은 아니랍니다. 우리 마을 선생님도 어딜 가나 그저 그 아이들만 본답니다. 우리는 만나면 논쟁을 하지요.

나와는 충분히 대화가 가능할 거예요, 듣지는 않으면서 성만 내는 그런 성직자는 아니니까요. 나는 성 이냐시오를 따릅니다. 그분은 이렇게 말씀하시지요. '나는 누구든 그와 함께 그의 문을 통해 들어가리라, 그리하여 내 문으로 그를 데리고 나오리라.'"

나는 살짝 웃음 지었다가 침묵한다.

신부는 자신의 잔을 비운다.

나는 기다리듯 신부를 바라본다. 아직은 신부를 잘 모르겠다.

"궁핍의 원인은," 신부는 말을 이어간다. "내 입에 와인이 맞아서가 아니라, 제재공장에서 더 이상 나무를 자르지 않기 때문이지요. 마을 선생님 말씀이 기술이 과도하게 빨리 발전하다 보니 소유를 완전히 새롭게 통제할 방법과 또 다른 생산단계가 필요하다고 하더군요. 맞는 말이지요. 왜 그리 놀라서 쳐다봅니까?"

"솔직하게 말씀드려도 될까요?"

"그럼요!"

"저는 교회가 항상 부자들의 편에 선다고 생각합니다."

"맞습니다. 그래야만 하기 때문이지요."

"그래야만 한다고요?"

"선생님은 부자가 지배하지 않는 나라를 알고 있습니까? '부자'는 단순히 '돈을 가졌다'와 동일한 뜻이 아니지요……. 제재공장의 주주들이 더 이상 존재하지 않으면, 또 다른 부자가 지배하겠지요. 주식이 있어야 부자가 되는 것은 아니잖아요. 몇몇이 다른 모두가 가진 전부를 합친 것보다 더 많이 가지게 되는 어떤 가치들은 항상 존재하겠지요. 옷깃에 별을 더 많이 달아 주거나, 아니면 팔에 더 많은 띠줄을 두르게 하거나, 가슴에 훈장을 더 많이 달아 주거나, 보이든 보이지 않든 빈자와 부자는 항상 존재합니다. 언제나 바보와 똑똑한 사람이 있는 것처럼 말이지요. 그리고 교회는 말입니다, 선생님, 힘이 없답니다. 국가 통치 방법을 결정할 힘이 없지요. 하지만 교회는 항상 국가의 편에 서야 하는 의무가 있습니다. 그리고 안타깝지만 국가는 항상 부자들이 통치하고요."

"교회의 의무라고요?"

"인간은 그 자연적 본성에 따라 함께 모여 사는 존재이다 보니 가족이나 지역, 국가에 의존하게 되지요. 국가는 전적으로 인간이 만든 것이고, 그런 국가의 유일한 목적은 인간의 행복을 지상에서 가능하게 만드는 것입니다. 국가는 자연적 필연이니, 즉 신의 뜻이라는 의미지요. 국가에 대한 복종은 양심의 의무를 뜻합니다."

"예를 들어 지금의 국가가 지상의 행복을 가능케 한다고 주장하는 건 아니시겠죠?"

"전혀 아닙니다. 인간이 만든 사회는 모두 자기애적 위선과 야만적 폭력 위에 세워졌으니까요. 파스칼이 무어라 했지요? '우리는 진실을 갈망하나, 우리 안에서는 불확실성만을 찾아낸다. 우리는 행복을 구하나, 불행과 죽음만을 찾아낼 뿐이다.' 어떻게 단순한 시골 신부가 파스칼을 인용하나 싶겠지요……? 의아해할 것 없습니다. 나는 단순한 시골 신부는 아니니까요.

그냥 일정 기간만 이곳에 파견된 겁니다. 사람들이 말하듯 하면, 소위 좌천이지요……." 신부는 웃는다. "그래요, 불경한 경험이 한 번도 없는 사람이 신성한 존재가 되기 어렵고, 한 번도 어리석어 보지 않은 사람이 현자가 되는 일이 드물지요. 삶의 작은 어리석음이 없었더라면, 우리 모두는 아마도 이 세상에 존재하지도 않을 테고요."

신부는 조용히 웃지만, 나는 같이 웃지 않는다.

신부는 잔을 다시 비운다.

나는 문득 묻는다. "국가의 질서가 신의 뜻이라면……."

"틀렸어요!"라며 내 말을 끊는다. "국가의 질서가 아니라, 국가가 자연적 필연이므로 신의 뜻이라는 말입니다."

"그게 그거 아닙니까!" "아니요, 그렇지 않습니다. 신은 자연을 창조했습니다. 그러니 자연은 신의 뜻이고 따라서 필연적이지요. 그러나 자연 창조에 따른 결과, 그러니까 이 경우에는 국가의 질서가 되겠지요, 국가의 질서는 인간 자유의지의 산물입니다. 그러니까 국가만이 신의 의지에 따른 것이고, 국가의 질서는 그렇지 않지요."

"국가가 무너지면요?"

"국가는 절대로 무너지지 않습니다. 고작해야 국가의 어떤 특정한 사회적 구조가 해체되겠지요. 다른 구조에 자리를 내어주는 것이랍니다. 하지만 국가 자체는 항상 존속합니다. 국가를 형성하는 국민이 죽어도 말이지요. 그렇게 되면 다른 국민이 생길 테니까요."

"그러니까 국가 질서의 붕괴는 자연적 필연은 아니라는 말씀인가요?"

신부는 웃음 짓는다. "때로는 하느님께서 그런 붕괴를 원하기도 하시지요."

"그렇다면 교회는 왜 한 국가의 사회적 구조가 몰락할 때 언제나 부자의 편을 듭니까? 지금 우리 시대로 말하면, 교회는 왜 항상 제재소 주주들의 편이고 창가에서 일하던 아이들의 편이 아닌가요?"

"부자들이 항상 승리하기 때문입니다."

나는 더 이상 평정을 유지할 수 없다. "꽤나 훌륭한 도덕이군요!" 신부는 끄떡없다. "옳게 생각하는 것이 도덕의 원칙이지요." 신부는 잔을 다시 비운다. "그래요, 부자는 항상 승리하겠지요, 더 잔혹하고 파렴치하고 양심이 없기 때문입니다. 성경에도 이미 나와 있듯이 낙타가 바늘구멍을 통과하는 것보다 부자가 하늘나라에 가는 것이 더 어렵지요."

"그럼 교회는요? 교회는 바늘구멍을 통과할 수 있습니까?"

"아니지요," 신부는 말하면서 다시 살짝 웃는다. "아무래도 불가능하겠지요. 교회가 바로 바늘구멍이니까요."

이 신부는 사악하게도 영리하다는 생각이 들지만, 그렇다고 그가 옳은 것은 아니다. 신부는 틀렸다! 그리고 나는 말한다. "교회는 그러니까 부자를 위해서는 봉사하고, 가난한 자를 위해 싸울 생각은 안 하는군요."

"교회는 빈자를 위해서도 싸웁니다." 내 말을 끊고는 말한다. "그러나 전장이 다르지요."

"하늘나라의 전장인가 보지요?"

"그곳에서조차 패할 수 있습니다."

"누가요?"

"예수 그리스도가요."

"그분은 신이었지요! 그다음은 어떻게 된 거죠?" 신부는 내 술잔을 채우고 생각에 잠긴 듯 앞을 바라본다. "잘 되었지요," 신부는 나지막이 말한다. "오늘날 많은 나라에서 교회가 잘되지 않는 것이 잘된 일이에요. 교회를 위해 좋은 일이지요."

"그럴 수도요." 짧게 답을 하고는 내가 흥분하고 있다는 걸 느꼈다. "다시 창가의 아이들에 대해 이야기해 보지요. 아까 그 길을 지날 때, 신부님께서 '아이들이 증오하도록 사주받아서 인사를 하지 않는다.'라고 하셨지요. 분별이 있으시니 아이들이 증오하도록 사주를 받은 것이 아니라 입에 넣을 것이, 먹을 것이 없어서 그렇다는 것을 아셔야 하지 않습니까?"

신부는 눈이 동그래져 나를 쳐다본다.

"아이들이 증오하도록 사주받았다고 말한 것은," 신부는 천천히 말을 한다. "그 애들이 하느님을 더 이상 믿지 않기 때문이었어요."

"어떻게 그 애들에게 믿으라고 요구할 수 있겠습니까!"

"하느님께서는 모든 길을 가십니다."

"그런데 하느님은 어떻게 그 길을 지나며 그 아이들을 보고도 돕지 않을 수 있나요?"

신부는 말이 없다. 생각에 잠겨 와인 잔을 비운다. 다시 눈을 크게 뜨고 말한다. "하느님은 세상에서 가장 무서운 분이시지요."

나는 신부를 멍하니 바라본다. 내가 제대로 들은 것이 맞나? 가장 무섭다고?!

신부는 몸을 일으켜 창가로 가 묘지 쪽을 바라본다. "벌을 주시는 겁니다." 신부의 말소리가 들린다.

그런 신이라면 얼마나 한심한가, 그 어린아이들에게 벌을 주다니.

신부는 방에서 서성인다.

"인간은 신을 잊어서는 안 됩니다." 신부는 계속 말한다. "그분께서 무엇 때문에 우리를 벌하시는지 우리가 알지 못한다 해도 말이지요. 우리가 자유의지를 한 번도 갖지 않았더라면!"

"하, 원죄를 말씀하시는 겁니까?"

"네."

"저는 믿지 않습니다."

신부가 내 앞에서 멈춰 선다.

"그렇다면 선생님도 하느님을 믿지 않는 겁니다."

"맞습니다, 저는 신을 믿지 않습니다."

"들어보세요!" 나는 돌연히 침묵을 깬다, 말을 해야겠다는 생각이 들어서다. "저는 역사를 가르치는 사람이니 그리스도의 탄생 이전에도 세상에, 그러니까 고대 그리스에서 원죄가 없던 세계가 존재했다는 것을 알고 있습니다."

“선생님은 착각하는 것 같군요.” 신부는 내 말을 끊더니 책장으로 간다. 어떤 책의 책장을 넘긴다. “선생님이 역사를 가르친다니 최초의 그리스 철학자가 누구인지, 그러니까 최고(最古)의 철학자가 누구인지 굳이 설명 안 해도 아시겠지요.”

“밀레의 탈레스이지요.”

“그래요, 하지만 탈레스라는 인물은 반은 전설이고, 우리는 탈레스에 대해 확실하게 아는 것이 없지요. 전승 문서를 토대로 알려진 최초의 그리스 철학자는 역시 같은 도시인 밀레 사람 아낙시만드로스입니다……. 기원전 610년에 태어나 기원전 547년에 사망했지요. 이 문장만 전해 옵니다.”

어둠이 내리기 시작해, 신부는 창문 쪽으로 가서 책을 읽는다.

“사물을 생성했던 근본으로 다시 소멸되는 것이 사물의 운명이다. 사물은 현존이라는 죄에 대한 형과 벌을 시간의 질서에 따라 치러야 하기 때문이다.”

로마군 백인(百人)대장

야영지에 온 지 나흘째다. 어제는 부사관이 소년들에게 총기 작동방식, 손질과 관리법을 가르쳤다. 오늘은 종일 총을 닦고, 내일이면 사격 훈련을 한다. 목각 군인들은 이미 총 맞을 준비를 마치고 선 채로 기다린다.

소년들은 아주 잘 지내는데, 부사관은 별로다. 부사관은 지난 나흘 동안 십 년은 더 늙어 버렸다. 나흘이 더 지나면 자신의 나이보다 더 들어 보일 것이다. 게다가 발을 헛디뎌 인대를 다친 모양인지, 다리를 전다.

그래도 부사관은 이를 악물고 통증을 참는다. 어제는 내게 하고 싶은 것들을 이야기했다. 볼링도 치고, 카드도 치고, 제대로 된 침대에 누워 잠도 자고, 술집 종업원의 탱탱한 엉덩이도 꼬집어 보고, 간단히 말하면 집에 가고 싶다는 말이었다. 그리고 잠들더니 코를 골았다.

꿈을 꾸었는데, 장군이 되어 전투에서 승리했단다. 황제가 자신이 달고 있던 훈장을 모두 부사관의 가슴팍에 달아 주었다고 했다. 그러고는 등에도. 그리고 황후는 부사관의 발에 입을 맞추었단다.

“무슨 뜻일까요?” 이른 아침 부사관이 물었다.

“아마도 그런 것을 바라는 꿈이겠지요.” 나는 말했다. 그러자 부사관은 살면서 황후가 자신의 발에 입맞춤하기를 바란 적은 한 번도 없다고 했다. “아무래도 아내에게 편지를 써야겠어요.” 그는 생각에 잠긴 듯 말했다. “집사람한테 해몽 책이 있어요. 장군, 황후, 훈장, 전투, 가슴과 등이 무엇을 뜻하는지 찾아보라고 해야겠어요.”

부사관이 우리 막사 앞에서 편지를 쓰는 동안, 학생 한 명이 흥분해 달려왔다. L이었다.

“뭐지?”

“제 물건을 도난당했어요!”

“도난당해?”

“훔쳐 갔어요. 선생님, 제 사진기요!”

L은 제정신이 아니었다.

부사관이 나를 바라본다. 어떻게 하지요? 그의 눈에서 질문이 읽혔다. “집합시키세요.” 나는 말했다. 별다른 방법이 떠오르지 않았다. 부사관은 만족스러운 듯 고개를 끄덕이고, 깃발이 펄럭이는 공터로 절뚝이며 걸어가더니 노련한 수사슴처럼 소리쳤다.

“연대 집합!”

나는 L에게 물었다.

“의심 가는 사람이 있나?”

"아니요."

연대는 집합했다. 아이들을 심문해 봤지만 아무도 별다른 말이 없었다. 나는 부사관과 함께 L이 자는 텐트로 들어갔다. L의 배낭은 입구 바로 왼쪽에 있었다. 우리는 아무것도 찾지 못했다.

"학생 중에는," 나는 부사관에게 말했다. "도둑이 없을 거예요. 그랬다면 학교에서 도난 사건이 한 번이라도 있었겠지요. 보초를 서는 아이들이 의무를 충실히 하지 않아 도적단이 몰래 숨어들어온 것 같군요."

부사관도 내 말에 동의하여 우리는 오늘 밤에 보초들을 감독하기로 했다. 그런데 어떻게 한다? 야영지에서 약 백 미터쯤 떨어진 곳에 건초장이 있었다. 그곳에서 밤을 새우며 보초를 감독하기로 했다. 부사관은 아홉 시부터 한 시까지, 나는 한 시부터 여섯 시까지.

저녁 식사를 마치고 우리는 훈련장에서 몰래 빠져나왔다. 학생들 중 누구도 알아채지 못했다. 나는 건초더미에서 편하게 자리를 잡았다…….

한 시가 되자 부사관이 나를 깨운다.

"현재까지 이상 없음."이라고 내게 보고한다. 나는 건초더미에서 내려와 건초장 그림자에 자리를 잡는다. 그림자에? 그렇다, 보름달이 떴다.

멋진 밤이다.

야영장이 보이고, 보초들을 확인한다. 이제 교대하는구나.

보초들은 가만히 서 있거나 서성인다.

동, 서, 남, 북…… 사방에 한 명씩 있다. 그들이 자신의 사진기를 지키고 있다.

그렇게 앉아 있다 보니 사제관과 부모님 집에 걸려 있는 그림이 떠오른다.

몇 시간이 지난다.

나는 역사와 지리를 가르친다.

지구의 형상을 설명하고, 역사를 해석해야만 한다.

지구는 여전히 둥글지만, 역사는 네모꼴이 되어 버렸다.

지금 여기 앉아서 담배를 피우면 안 되겠지, 보초들을 감시하고 있으니.

그래, 맞아. 가르치는 일이 더 이상 즐겁지 않아.

그런데 그 그림이 왜 다시 떠오르는 거지?

십자가에 매달린 분 때문인가? 아니야.

그분의 어머니 때문인가……. 아니야. 문득 분명해진다. 투구와 갑옷을 입은 전사 때문이다. 로마의 백인대장 때문에.

그 사람이 왜?

백인대장은 한 유대인의 처형을 이끌었어. 그러고는 그 유대인이 사망하자 이렇게 말했지. "진정, 인간은 저리 죽지 않는다. 참으로 이분은 하느님의 아드님이셨다!"

그러니까 백인대장은 하느님을 알아본 것이지.

그래서 그 대장이 무엇을 했는데? 어떤 결단을 내렸어?

단지 십자가 아래 조용히 서 있었을 뿐이지.

번개가 번쩍 밤을 놀래고, 성전의 휘장이 두 갈래로 찢기고, 땅이 흔들려도…… 백인대장은 그대로 서 있었어.

백인대장은 십자가에 매달린 죽음으로 새로운 신을 알아보았고, 이제 자신의 세계가 사형 선고를 받았다는 것을 알게 된 거지.

그래서?

그가 전장에서 사망했던가? 결국 자신이 아무것도 아닌 일에 목숨을 잃을 것이라는 것을 대장은 알아차렸으려나?

자신의 일이 즐거웠을까?

아니면, 노인이 되었을까? 퇴역했으려나?

로마나 아님 돈이 좀 덜 드는 국경 지역에서 살았을까?

어쩌면 작은 집에 살았을 수도 있지. 정원에 난쟁이 장식도 있는. 아침이면 조리사 시녀가 어제는 국경 너머로 새로운 야만인들이 나타났다고 이야기를 전해 주었을지도 몰라. 대대장님의 루치아가 직접 보았다면서 말이지.

새로운 야만인들, 새로운 국민.

무장하고, 또 무장하지. 그리고 기다리는 거야.

로마군 백인대장은 야만인들이 모든 것을 파괴할 거라는 걸 알고 있었어. 하지만 대장은 더 이상 움직이지 않았지. 대장의 모든 것이 이미 파괴되어 버렸으니까.

대장은 연금을 받으며 조용히 살았지, 이미 모든 것을 꿰뚫어 보았으니 말이야.

그 위대한 로마 제국을.

오물

달은 이제 텐트 바로 위에 걸려 있다.

대략 두 시쯤 되었을 것이다. 카페에는 아직 사람이 많겠지라는 생각이 든다.

지금쯤 율리우스 카이사르는 무엇을 하고 있을까?

해골 머리를 반짝거리고 있겠지, 악마가 데리러 올 때까지!

우습군, 악마는 믿으면서 사랑의 하느님은 믿지 않으니 말이지.

정말 안 믿는 걸까?

모르겠어. 아냐, 알아! 믿지 않으려 하는 거지. 그래, 안 믿으려는 거야.

내 자유의지잖아.

내게 남은 유일한 자유라고는 내가 믿거나 믿지 않거나뿐이군.

하지만 공식적으로는 믿는 척해야지.

상황에 따라서 말이야, 언제는 그런 척, 또 언제는 안 그런 척.

성직자님께서 뭐라고 지껄였더라?

"성직자의 소명은 인간이 죽음을 준비하게 하는 일입니다. 더 이상 죽음을 두려워하지 않으면 삶이 훨씬 수월해지지요."

그래도 성에 차지 않는 모양이야!

"이렇듯 고난과 모순이 많은 삶에서," 성직자님께서 말씀하시는군. "우리의 유일한 구원은 신의 은총과 계시에 대한 믿음뿐이지요."

변명일 뿐이다! "우리는 처벌받으면서도 무엇에 대한 처벌인지도 모릅니다."

지배자들에게나 물어봐!

성직자께서 또 뭐라고 했더라?

"하느님은 가장 무서운 분이십니다."

맞아……!

한때는 사랑스러운 생각들이 내 마음을 가득 채웠지.

머리에서 생겨난 생각들은 감정으로 잘 차려입고 춤을 추었지만, 서로 닿지는 않았어.

무도회는 고상해. 비공개 파티, 고위급 그룹이지.

짝을 지어 달빛 속에서 원을 돌며 춤을 추고 있어.

미덕과 짝지은 비겁함, 공정과 짝지은 거짓, 비열과 짝지은 힘, 술책과 짝지은 용기.

이성만이 춤추지 않아.

이성은 만취해서는 풀이 죽어 훌쩍거리며 돌아다니지. "나는 어리석다, 어리석어……!"

이성은 모두 다 토해내 버려.

하지만 춤을 추며 구토를 밟고 지나가지.

나는 무도회 음악에 귀를 기울여.

거리의 유행가가 연주되고, 제목은 '오물 속 한 인간'.

언어와 인종과 국가로 나뉘어 나란히 선 덩어리들은 어떤 덩어리가 더 큰지 뚫어져라 보고 있어. 악취 때문에 누구든 모두 코를 막아야 하지.

오물뿐이다, 모두 오물이야!

거름으로나 쓰시지!

거름으로 땅에 뿌려 뭐라도 자라나도록 말이다! 꽃이 아니라, 빵이 자라도록!

그러나 숭배하지는 말라!

너희가 처먹은 그 오물을!

Z와 N

하마터면 내 할 일을 잊을 뻔했군. 건초장 앞에 앉아 담배 없이 보초들을 감독하는 일 말이다.

저기 아래서 보초를 서고 있다. 나는 그곳을 바라본다.

동, 서, 남, 북.

아무 이상이 없다.

어, 잠깐! 저쪽에서 뭔가 움직인다.

뭐지?

북쪽이다. 보초가 누군가와 이야기하고 있어. 보초가 누구지?

Z다.

누구랑 말하고 있는 거야?

아니면 그냥 전나무 그림자인가?

아니야, 저건 그림자가 아니라 사람의 형상이야.

달빛이 그 모습을 비춘다. 남자아이다. 낯선 남자아이.

무슨 일일까?

낯선 아이는 Z에게 무엇인가를 주는 듯하더니 사라진다.

Z는 미동 없이 잠시 그저 그 자리에 서 있다.

무엇을 엿듣나?

조심히 주변을 살피더니 주머니에서 편지를 꺼낸다.

아하, 편지를 받았구나!

Z는 재빨리 편지를 뜯어 달빛 아래서 읽는다.

편지를 다시 넣는다.

누가 편지를 쓴 거지……?

아침이 오고, 부사관은 뭔가 의심스러운 것을 보았는지 묻는다. 이상한 것은 보지 못했고 보초들은 의무를 다했다고 나는 말한다.

나는 편지 건에 대해서는 침묵했는데, 편지가 도둑맞은 사진기와 어떤 관련이 있는지 아직 모르기 때문이다. 우선은 확인해 봐야 하고, 증명되기 전까지 나는 Z에게 혐의를 씌우지 않을 생각이다.

그 편지를 읽을 수만 있다면!

우리가 야영지에 들어서자, 놀란 아이들이 우리를 맞는다. 언제 야영지를 떠났던지 묻는다.

"한밤중이었다." 부사관은 거짓말을 한다. "멀쩡히 걸어 나가는데 보초들 누구도 우리가 가는 것을 보지 못했다. 너희는 정신을 더 바짝 차려야 할 것이다. 그렇게 불성실하게 보초를 서다가는 야영지의 총기며 깃발이며 우리의 모든 것을 빼앗길 테니 말이다."

그러고는 부사관이 연대를 집결시키고, 누군가 이상한 것을 보았는지 묻는다.

아무도 보고하지 않는다.

나는 Z를 살핀다.

Z는 미동 없이 그저 서 있다.

대체 편지에는 무엇이 적힌 걸까?

지금은 편지가 Z의 주머니 속에 있지만 나는 그 편지를 읽게 될 것이다, 아니 읽어야만 한다.

직접 물어볼까? 아무 의미가 없겠지. 단호하게 부정하고서 편지를 찢거나 태워 버릴 테고, 그러면 나는 끝까지 편지를 읽지 못할 거야.

어쩌면 벌써 없애 버렸을 수도 있어.

그런데 그 낯선 남자애는 누구였을까? 새벽 두 시에 마을에서 한 시간이나 떨어진 이곳으로 온 그 아이는? 아니면 눈먼 노파의 농가에 살고 있나? 그런데 그 아이가 도적단 일원일 것이라는 생각이 점점 더 분명해진다. 잡초 말이다. 그렇다면 Z도 잡초인가? 범죄자?

편지를 꼭 읽어야겠군, 반드시 꼭!

점점 편지로만 생각이 몰린다. 땅!

아이들은 오늘 처음으로 총을 쏜다.

땅! 땅……!

오후에 R이 나를 찾아왔다.

"선생님," R이 말한다. "저 다른 텐트에서 자고 싶습니다. 같은 텐트에 있는 두 명이 계속 싸워서, 잠을 제대로 못 자겠어요."

"그 둘이 대체 누구인데?"

"N과 Z요."

"Z?"

"네, 근데 시작은 항상 N이 합니다!"

"그 둘, 내게 오라고 해!"

R이 가고, N이 온다.

"왜 계속 Z와 다투는 거냐?"

"Z가 잠을 못 자게 하니까요! 한밤중에도 자꾸 초를 밝혀서 계속 잠을 깨워요."

"왜지?"

"바보 같은 것을 쓰느라고요."

"뭔가를 쓴다고?"

"네."

"대체 뭘 쓰는데, 편지?"

"아니요, 자기 일기를 써요."

"일기를?"

"네, 진짜 바보 같아요."

"그렇다고 바보는 아니다."

나를 비난하는 N의 눈길과 만난다.

"일기 쓰기는 자기 자아를 과도하게 높이 평가하는 전형적인 표식입니다." N이 말한다.

"그럴 수 있겠지." 나는 조심스럽게 대답한다. 그런 바보 같은 말을 라디오에서 언제 공표했는지 바로 떠오르지 않기 때문이다.

"Z는 작은 상자도 하나 따로 가지고 와서, 그 안에 일기를 넣고 잠가요."

"Z를 이리 보내라."

N은 가고 Z가 온다.

"왜 계속 N과 다투는 거냐?"

"그 애는 천하니까요."

나는 잠시 멈칫하고 부유한 평민을 떠올린다.

"맞아요," Z는 말을 잇는다. "N은 사람이 스스로 성찰하는 걸 못 견뎌요. 난폭해지고요. 저는 일기를 써서 보관함에 두는데, 얼마 전에는 N이 제 상자를 망가뜨리려고 했어요. 그래서 이제는 항상 숨겨 둬요. 낮에는 침낭에 넣어 두고, 밤에는 제 손에요."

나는 Z를 바라본다.

그리고 천천히 묻는다. "그럼, 네가 보초를 설 때는 일기를 어디에 두니?"

그 아이의 표정에는 아무런 변화가 없다.

"다시 침낭 속에요."라고 대답한다.

"일기에는 네가 경험한 일들을 다 적니?"

"네."

"듣고 본 것, 모두?"

Z의 얼굴이 빨개진다.

"네."라고 작게 대답한다.

그럼 누가 편지를 썼고, 편지 내용이 무엇인지 이제 물어야 할까? 아니야. 이제 내가 그 애의 일기를 읽게 될 것이 분명해졌으니.

Z는 가고, 나는 그 애의 뒷모습을 바라본다.

자신에 대해 성찰한다고 했다.

그럼 나는 저 아이의 생각을 읽게 되겠군. Z의 일기를.

아담과 에바

네 시가 조금 넘어 연대는 다시 행군을 시작했다. 게다가 이번에는 '조리병'까지도 같이 행군해야만 했는데, 부사관은 땅을 어떻게 파고 몸을 숨기는지, 엄폐부와 참호를 어디에 파는 것이 좋은지 모두에게 알려 주려 했다. 부사관은 다리를 절기 시작하면서 설명을 더 선호한다.

야영장에는 나 말고는 아무도 남지 않았다. 연대가 숲속으로 사라지자마자, 나는 Z, N, R의 텐트로 들어갔다. 텐트에는 침낭 세 개가 있었다. 왼쪽 침낭에 편지가 있다. 아니다, 이 편지는 아니야. "오토 N. 귀하."라고 봉투에 적혀 있다. "발신: 엘리자베트 N 여사." ……아, 제빵장 사모님이시군! 엄마가 아가에게 뭐라고 썼는지 읽지 않을 수가 없군.

"사랑하는 나의 오토, 엽서 고맙구나. 엄마와 아빠는 네가 잘 지내고 있어 기쁘다. 계속 그렇게 지내렴. 긴 양말의 짝이 바뀌지 않게 잘 신경 쓰고. 이틀 뒤에 벌써 총 쏘기를 한다고? 세상에 하느님! 시간이 얼마나 빨리 가는지. 네가 첫 발을 쏠 때 아버지를 떠올리라고 전하신다. 아버지가 중대에 있을 때

최고 사격수였다고. 있잖아, 만디가 죽었단다. 어제까지만 해도 그렇게 생기 있고 신나게 새장에서 팔짝거리고 지저귀면서 우리를 참 기쁘게 했는데 말이다. 그런데 오늘은 죽어 있더구나. 뭔지는 모르겠는데 카나리아 병균이 돌아다니나 봐. 그 불쌍한 것이 조그만 다리를 쫙 뻗었더라. 녀석을 화덕에 넣어 화장했단다. 어제는 노루 등심 고기를 크랜베리 소스에 아주 맛있게 먹었다. 먹으면서 네 생각을 했단다. 아버지가 인사를 전하시는구나. 네 선생님이 지난번에 검둥이 건 같은 그런 이야기를 또 하는지 아버지께 계속 잘 보고하라고 하신다. 정신을 바짝 차려라. 아버지가 그 선생 목을 비틀어 버리겠다고 하시는구나! 입맞춤을 보내며. 사랑하는 내 아들에게, 사랑하는 엄마가."

그 옆 침낭 속에는 아무것도 들어 있지 않았다. 이건 R의 침낭이군. 그럼 보관함은 세 번째 침낭에 있겠지. 함은 침낭 안에 있었다.

파란색 작은 금속 상자에 따기 쉬운 자물쇠가 걸려 있었다. 잠겨 있었다. 철사로 자물쇠를 열었다.

쉽게 열렸다.

상자에는 편지며 엽서, 제본된 초록 노트가 있었고, '나의 일기장'이라는 제목에 금박이 입혀 있었다.

나는 일기를 열었다. "크리스마스에 어머니가." Z의 어머니가 누구였더라? 공무원의 과부였던가 뭐 그랬지.

그다음에 첫 일기가 있었는데, 성탄절 트리에 대해 쓰여 있었다. 페이지를 계속 넘겼고, 부활절 다음의 일기가 나왔다. 처음에는 매일 쓰더니, 나중에는 이틀, 사흘 그리고 닷새나 엿새마다 썼다. 그리고 여기, 여기 편지가 있구나! 이거다. 봉투는 구겨진 채로, 주소도 우표도 없는 편지!

어서! 뭐라고 쓰여 있을까?!

"오늘은 못 가. 내일 새벽 두 시에 갈게. —에바."

그게 다였다.

에바가 누구지?

아담이 누구인지는 알겠다.

Z가 아담이다.

그러고는 그의 일기를 읽는다.

"수요일.

어제 야영장에 왔다. 우리 모두는 기분이 좋았다. 지금은 밤이고, 어제는 텐트를 치느라 너무 피곤해서 일기를 못 썼다. 우리는 깃발도 있다. 부사관은 늙고 멍청하다. 우리가 자기를 비웃는 것도 눈치 못 챈다. 우리는 부사관보다 훨씬 빨리 달린다. 하느님께 감사하게도 선생님은 거의 보지 못한다. 그리고 선생님도 우리를 신경 쓰지 않는다. 선생님은 김빠진 표정으로 어슬렁거린다. N도 멍청이다. 촛불을 끄라고 벌써 두 번이나 소리쳤다. 하지만 나는 안 끄지. 지금 일기를 안 쓰면 시간이 없는 데다, 이 기억을 평생 남기고 싶으니까. 오후에는 행군을 길게 했다. 거의 산맥 근처까지 갔다. 오르는 길에 가파른 암벽을 넘었는데, 동굴이 많았다. 부사관의 갑작스런 명령으로 우리는 구릉 위에 보루를 쌓고 기관총으로 중무장한 듯 표시해 놓은 적을 향해 일렬종대로 대형을 짜 이동했다. 우리는 서로 멀찌감치 떨어져 대형으로 이동했고, 덤불 속으로 더 깊이 들어갔는데, 문득 내 왼쪽 오른쪽에 아무도 보이지 않았다. 길을 잘못 들어 따로 떨어져 나온 것이다. 어느새 나는 다시 언덕의 동굴 앞으로 왔는데, 아마도 한 바퀴를 돌아온 것 같았다. 내 앞으로 어떤 여자애가 불쑥 나타났다. 금갈색 머리에 분홍색 블라우스를 입고 있었는데, 어디서 어떻게 갑자기 나타났는지 놀랐다. 여자애는 내가 누구인지 물었다. 나는 대답했다. 남자애들도 둘 있었다. 둘 다 맨발이었고 옷은 너덜너덜했다. 남자애 하나는 손에 빵 한 쪽을 들고 있었고, 다른 애는 꽃병을 들고 있었다. 그 애들은 나를 노려보았다. 여자애는 남자아이 둘에게 집으로 가라고 했고, 자신은 내게 덤불을 빠져나가는 길을 알려주겠다고 했다. 정말 다행이라 여기며 나는 여자애를 따라갔다. 그 애에게 어디 사는지 물어보았더니, 암벽 뒤라고 말했다. 하지만 내가 가진 군사 지도에는 암벽 뒤에 집이 없고, 그 근처에는 아예 아무것도 없었다. 지도가 틀렸어라고 그 애가 말했다. 그러는 동안에 덤불 숲 밖으로 나왔고 저 멀리 우리 야영장이 보였다. 그 애는 거기서 멈추더니 이제 돌아가야 한다며 이 세상 누구에게도 자기를 만났다는 말을 하지 않으면 내게 키스를 해 주겠다고 했다. 왜냐고 나는 물었다. 알리기 원하지 않으니까라고 그 애는 대답했다. 내가 알았다고 하자, 그 애는 볼에 입을 맞추었다. 이건 무효야, 입에다 해야 키스지라고 내가 말했다. 그 애가 내 입에 키스를 했다. 그러면서 내 입속에 혀를 집어넣었다. 아, 더러워, 도대체 혀로 뭘 한 거야라고 나는 따졌다. 그 애는 웃더니 다시 그런 키스를 해 주었다. 나는 그 애를 밀쳐 냈다. 그 애는 돌을 들어 내게 던졌다. 돌에 머리를 맞았더라면 난 아마 죽었을걸. 나는 그렇게 말했다. 상관없어라고 그 애가 말했다. 너는 그럼 교수형 당할 텐데라고 내가 말했다. 어차피 그럴 건데 뭐란다. 갑자기 나는 좀 무서워졌다. 그 애는 나보고 가까이 와 보라고 했다. 겁쟁이가 되고 싶지 않아 가까이 갔다. 갑자기 나를 잡더니 다시 한번 혀를 내 입속으로 집어넣었다. 나는 열 받아서 나뭇가지 하나를 집어 들고 그 애를 때렸다. 어깨와 등을 때렸지만, 머리는 아니었다. 그 애는 아무 소리도 없이 그냥 쓰러져 버렸다. 그렇게 쓰러진 채로 누워 있었다. 죽었나 하는 생각에 나는 너무 놀랐다. 가까이 가서 나뭇가지로 그 애를 건드려 보았다. 그런데 여자애는 꿈쩍도 하지 않았다. 정말 죽은 거면 그냥 내버려 두고 아무 일도 없던 것처럼 도망가야지라고 생각했다. 도망가려고 했는데, 그 애가 죽은 척하고 있다는 것을 알아챘다. 그 애는 나를 보며 눈을 깜빡이고 있었다. 나는 다시 잽싸게 그 애에게 다가갔다. 그래, 죽지 않았어. 나는 사실 죽은 사람을 많이 봤는데, 그 사람들은 완전히 다른 모습이었다. 일곱 살 때 벌써 경찰 한 명, 노동자 네 명이 죽은 것을 본 적이 있는데, 파업 때였다. 두고 봐라, 나를 놀릴 작정인가 본데, 아마 벌떡 일어나게 될 걸……. 나는 조심스럽게 그 애의 치맛단을 잡고서 위로 확 잡아 올렸다. 여자애는 속옷을 입지 않았다. 그 애는 여전히 꿈쩍도 하지 않았고, 나는 갑자기 떨렸다. 그 애가 벌떡 일어나더니 나를 자기 쪽으로 세게 잡아끌었다. 그게 뭔지 안다. 우리는 사랑을 나누었다. 바로 옆에는 커다란 개미굴이 있었다. 그러고 나서 나는 누구에게도 우리가 만났다는 것을 말하지 않겠다고 그 애에게 약속했다. 그 애는 가 버렸고, 나는 이름을 묻는 것도 까먹었다.

목요일.

우리는 도적단 때문에 보초를 세웠다. N이 자꾸 촛불을 끄라고 큰소리다. 한 번만 더 소리치면 한 방 먹여야지……. 방금 한 대 쳤다. 그 자식은 받아치지 않았다. 바보 같은 R이 제가 맞은 것처럼 소리를 질렀다, 겁쟁이! 여자애랑 약속을 잡지 않아 나는 화가 났다. 그 애를 다시 만나 이야기했으면 좋겠다. 오늘 아침에 부사관이 '위로!' '아래로!'라고 명령할 때, 꼭 그 애가 내 아래 있는 것 같았다. 계속 생각이 난다. 그래도 혀는 싫다. 하지만 그 애는 적응하게 될 것이라고 했다. 고속도로에서 아주 빨리 달리는 것처럼. 사랑이라는 감정이 이런 거구나! 하늘을 날 때 느낌이 이 감정과 비슷하지 않을까. 아니야, 비행이 더 기분 좋을 거야. 모르겠다, 하지만 지금 그 애가 내 옆에 같이 누워 있으면 좋겠다. 함께 있다면 좋을 텐데, 나는 아주 외롭다. 같이만 있다면 그 애가 혀를 집어넣어도 상관없는데.

금요일.

모레 드디어 사격을 한다, 드디어! 오늘 오후에는 N과 또 붙었다. 죽여 버릴까 보다. R은 옆에 있다가 같이 한 대 맞았다, 바보 같은 자식, 왜 그 옆에 있어 가지고! 하지만 이 모든 것은 이제 더 이상 상관없고, 그저 그 애 생각만 난다. 오늘은 생각이 더 난다. 어젯밤에 그 애가 왔었다. 내가 보초를 서고 있었는데, 갑자기 나타났다. 처음에는 깜짝 놀랐다가, 너무 기뻤고 그러고는 놀랐다는 사실에 나는 창피했다. 그 애는 눈치채지 못했다. 하느님 감사합니다! 그 애에게서 좋은 냄새가 났다, 어떤 향수였다. 향수가 어디서 났냐고 물었다. 그랬더니 마을 화장품 상점이라고 했다. 비쌌겠다 했다. 아니야, 공짜였어 한다. 그러고는 그 애가 나를 다시 안았고, 우리는 함께했다. 그러면서 그 애가 물었다, 우리 지금 뭐 하는 거야? 사랑하는 거지라고 나는 대답했다. 앞으로도 자주 사랑할 수 있을까? 그 애가 물었고, 나는 어, 앞으로도 자주라고 대답했다. 그럼 내가 발랑까진 애가 되는 거 아닌가? 한다. 어떻게 그런 말을 해, 아니야! 하고 나는 말했다. 밤마다 나랑 이렇게 뒹구니까 그렇단다. 그래서 내가 그랬다. 여자애들 누구도 성녀는 아니야. 달빛이 그 애의 얼굴을 비추었고, 문득 그 애 볼에 눈물이 보였다. 왜 울어? 그랬더니 모든 게 다 어두워서라고 했다. 다, 뭐가? 그 애는 자기가 타락한 영혼이어도 자신을 사랑하겠냐고 물었다. 뭐라고? 그 애는 부모님이 없고, 열두 살에 집안일 돕는 양딸로 어느 집에 가게 되었는데, 계속 거부했지만, 집주인 남자가 그 애 위에 올라탔고, 집주인 여자는 자기 남편 문제로 그 애의 뺨을 계속 때리는 바람에 그 집에서 도망치려고 돈을 훔쳤다는 것이다. 결국에는 감화원으로 보내졌는데 거기서 도망쳐 나와 지금은 동굴에 살면서 보이는 족족 뭐든 훔친다고 했다.

지금은 남자애들 넷이랑 같이 있는데, 그 애들은 더 이상 인형에 색칠하는 일을 하지 않는 마을 애들이고, 그중 자신이 제일 나이가 많아 대장이라는 것이다. 그 누구에게도 자신이 누구인지 말하면 안 된다고 했다, 내가 말하면 다시 감화원에 가게 된다면서. 나는 그 애가 너무 불쌍했고, 문득 내게 영혼이 있다는 것을 느꼈다. 나는 그 애에게 영혼 이야기를 했고, 그 애도 자기도 제 영혼을 느끼게 되었다고 말해 주었다. 지금 자기와 여기 있는 동안에 야영장에서 뭔가 도난당해도 자기를 오해하지는 말라고 그 애가 말했다. 나는 절대로 오해하지 않겠지만, 그래도 우리는 함께하는 거니까 내 물건은 훔치면 안돼라고 내가 말했다. 그러고 나서 새 보초가 올 시간이 되어 우리는 헤어져야만 했다. 내일 다시 만난다. 이제 나는 그 애의 이름을 안다. 에바.

토요일.

오늘 큰 소동이 있었다. G가 자기 사진기를 잃어버렸단다. 상관없지 뭐! 걔네 아버지는 공장이 세 개나 있는데, 가난한 에바는 동굴에서 살아야 하잖아. 겨울이 오면 에바는 어떻게 할까? N이 다시 촛불 때문에 소리를 지른다. 죽도록 패야겠다.

그 애가 오는 밤까지 어떻게 기다리지! 그 애와 텐트에서 살고 싶다. 야영장 없이, 완전히 우리끼리만. 그 애랑 나랑만. 야영장은 더 이상 재미가 없다. 다른 건 이제 아무것도 아니다.

오 에바야, 언제나 널 위해 존재할게. 너는 이제 감화원에 안 가, 그 어떤 감화원에도 안 가, 맹세해. 너를 항상 지켜 줄게. N이 내 보관함을 부숴 버리겠다며 소리를 지른다, 내일 한다며, 하기만 해 보라지! 이 안에는 다른 사람이랑은 상관없는 내 마음속의 가장 깊은 비밀들이 들어 있으니까. 누구든 내 상자를 건드리기만 해라, 죽는다!"

유죄로 판결받다

"누구든 내 상자를 건드리기만 해라, 죽는다!"

이 문장을 두 번 읽는데, 웃음이 난다.

유치하기는!

그러고는 일기에 대해 생각해 보려는데 그럴 수가 없다. 숲 저쪽에서 트럼펫 소리가 울리는 것을 보아 서둘러야 했다. 연대가 오고 있다. 재빨리 일기장을 보관함에 넣고는 자물쇠를 다시 잠그려고 한다. 철사를 이리저리 돌려 본다. 안 되는걸. 내가 자물쇠를 망가뜨려서 더 이상 잠기지 않는다……. 어쩌지?

아이들이 금방 올 텐데. 나는 잠기지 않은 상자를 침낭에 넣고 텐트를 빠져나간다. 달리 방도가 없었다. 연대가 오는 중이다.

Z는 네 번째 열에서 행군해 온다.

너한테 여자애가 있단 말이지, 그 애가 에바이고. 그리고 너의 사랑이 도둑이라는 것도 알고? 그래도 맹세를 한단 말이지, 언제까지나 지켜 주겠다고 말이야.

나는 다시 웃지 않을 수 없다. 유치하다, 형편없이 유치해!

연대가 멈춘 뒤 해산한다.

이제 내가 너의 깊숙한 비밀을 알고 있지라고 생각하다 문득 웃음을 멈췄다. 검사가 눈앞에 보인다. 검사는 서류를 들춘다. 기소 이유는 절도와 범죄 비호이다. 에바뿐 아니라 아담도 책임을 져야 한다. 그렇다면 Z를 당장 체포해야만 하는데.

부사관에게 말하고, 경찰에 알려야겠다. 아니면 Z와 먼저 이야기를 해야 할까?

Z가 반합 주위에서 오늘 식단을 묻고 있다. 저 애는 학교에서 쫓겨날 것이고, 에바는 감화원으로 다시 돌아가겠지.

둘 다 수감될 것이고.

Z의 미래여, 안녕!

이미 과거에도 위대한 사람들이 사랑 때문에 걸려 넘어졌고, 사랑 또한 자연 필연적이며 그러니까 신의 의지일 것이다.

성직자의 목소리가 다시 들린다.

"하느님은 세상에서 가장 무서운 분입니다."

갑자기 거칠고 요란한 소리와 소음이 들려온다.

모두 어떤 텐트를 향해 달려간다.

상자가 있는 텐트다. Z와 N이 붙어서 싸우고 있는데, 둘을 겨우 떼어 놓는다.

N의 입에서는 피가 나고 얼굴은 상기되었다.

Z는 창백하다.

"N이 상자를 망가뜨렸다는군요!" 부사관이 내게 말한다.

"아니에요!"라고 N은 소리친다. "저는 안 그랬어요, 아니에요!"

"그럼 대체 누구인데?!" Z는 소리 지른다. "선생님께서 말씀해 주세요, 걔가 아니면 대체 누가 그랬겠어요?!"

"거짓말, 거짓말이야!"

"N 말고는 없어요. N이 열면서 망가뜨린 거예요. 망가뜨리겠다고 벌써 저한테 협박도 했다고요!"

"난 아니란 말이야!"

"조용히 해!" 부사관이 갑자기 호통친다.

조용해진다.

Z는 계속 N을 노려본다.

누구든 자기 상자를 건드리기만 해도 죽는다던 그 말이 갑자기 떠오른다. 나도 모르게 고개를 들어 위를 올려다본다.

하늘은 순해 보인다.

Z가 N을 죽일 수도 있겠다는 예감이 들었다.

N도 그랬는지 기가 죽어서는 내 쪽으로 온다.

"선생님, 저 다른 텐트에서 자고 싶어요."

"좋다."

"그 일기, 저는 진짜 안 읽었어요. 좀 도와주세요, 선생님!"

"도와줄게." 이제 Z가 나를 응시한다. 당신은 못 도와요라는 눈빛이다.

N이 유죄 판결을 받은 건 나 때문이야.

나는 다만 Z가 도적 떼랑 한통속인지 알려고 했을 뿐이야, Z에게 쉽사리 혐의를 씌우고 싶지는 않으니까 말이지. 그래서 상자를 열다가 망가진 거고.

그럼 일기를 읽었다고 왜 말하지 않아?

아니지, 지금은 아니야! 이건 아니야. 하지만 말할 거야, 확실히! 다만, 모두가 다 있는 데서는 아니고, 창피하니까! Z에게만 따로 말해야겠어. 남자 대 남자로! 그리고 그 여자애랑도 이야기해야겠어, 오늘 밤에 Z가 그 애를 만나면. 여자애에게는 다시는 눈에 띄지 말라고 경고하고, 멍청한 Z의 머릿속을 제대로 털어 주어야지……. 그리고 그걸로 끝을 내야지, 끝을!

맹금류처럼 죄가 원을 만들며 돈다. 그리고 그 죄과는 우리를 빠르게 낚아챘다.

하지만 내가 N은 무죄라고 선고할 테다.

실제로 그 애는 아무것도 하지 않았으니.

그러고는 Z를 사면하겠다. 또 여자애도.

죄도 없는 내게 유죄 판결을 하도록 내버려 두지 않을 테다.

그래, 신은 무섭지만, 그래도 나는 일이 신의 계산대로 되게 내버려 두지는 않겠다. 내 자유의지를 이용해서 말이다. 아주 제대로.

내가 우리 모두를 구원할 테다.

이런 생각을 하는 중이었는데, 누군가 나를 응시하고 있는 것 같다.

T다.

흐리고 동그란 두 눈으로 나를 바라본다. 빛나지도 않고, 반짝임도 없이.

물고기다! 불현듯 떠오른다.

T의 시선이 여전히 나를 향해 있다. 지난번 키 작은 W의 무

덤에서처럼.

조용히 웃고 있는데, 잘난 척하는 비웃음이다. 이상하게도 굳어 있다.

저 아이가 내가 상자를 열어 망가뜨린 것을 아는 것일까?

달 속의 남자

낯이 길게 느껴졌다. 드디어 해가 기울었다. 저녁이 왔고 나는 밤을 기다렸다. 밤이 오자 나는 야영장 밖으로 빠져나갔다. 부사관은 이미 코를 골고 나를 본 사람은 아무도 없었다. 보름달이 야영장 위에 걸렸지만, 구름이 서쪽에서 한 조각 한 조각 어둠을 끌고 왔다. 칠흑처럼 어두워지기를 반복하더니 은빛이 다시 나타날 때까지의 시간도 더 길어졌다.

숲과 텐트가 만나는 즈음에 Z가 보초를 서게 될 것이다. 나는 그곳 나무 뒤쪽에 자리를 잡았다. 보초를 주목해서 살폈다. G가 보초를 서고 있었다.

G는 왔다 갔다 움직였다.

하늘에서는 구름이 빠르게 지나갔지만, 아래에선 모두가 잠든 듯하였다.

하늘에서는 돌풍이 거세게 불었지만, 아래에선 아무런 움직임이 없었다.

단지 가끔씩 나뭇가지 부러지는 소리만 났다.

그러자 G가 멈추더니 숲 쪽을 응시했다.

나는 그의 눈을 바라보았지만, 그 애는 나를 보지 못했다.

두려운 걸까?

숲에는 항상 무슨 일이 있기 마련이다, 밤에는 특히.

시간이 지났다.

이제 Z가 온다.

그 애가 인사를 하고, G는 간다.

Z는 혼자 남는다.

그 애는 조심스럽게 주위를 둘러보더니 고개를 들어 달을 바라본다.

달에는 남자 한 명이 있군이라고 나는 문득 생각한다. 남자는 낫 위에 앉아 파이프를 빼끔거리며 아무것에도 신경 쓰지 않는다. 달 속의 남자는 다만 아래를 향해 가끔 침을 뱉을 뿐이다. 어쩌면 그가 옳은지도 모르겠다.

자기가 뭘 하는지 저 남자는 알겠지.

두 시 반쯤 되어서 드디어 여자애가 나타났는데, 소리 없이 나타나서 Z 옆에 서 있는 것을 보고서야 그 애가 온 것을 알았다. 어디서 나타난 거지?

그 애는 그렇게 그곳에 있었다.

여자애는 Z를 안고, Z도 그 애를 안는다.

둘은 키스한다.

여자애는 등을 내 쪽으로 돌리고 서 있는데, 나는 Z를 볼 수 없다. Z보다 크구나…….

이제 저쪽으로 가서 저 두 아이와 이야기를 해야겠다. 아이들이 내 소리를 듣지 못하게 나는 조심스럽게 몸을 일으킨다. 안 그러면 여자애가 달아나 버릴 테니.

나도 여자애와 이야기를 하려는 것뿐이야.

둘은 여전히 키스 중이다.

잡초는 없애 버려야 한다는 말이 갑자기 떠오른다.

걸려 넘어지던 눈먼 노파가 어른거린다.

그러고는 몸을 위로 쭉 뻗어 울타리 너머를 살피던 여자애의 모습이 계속 생각난다.

저 아이의 등은 아름답겠구나.

저 아이의 눈도 보고 싶다…….

구름이 다가오고 다시 모든 것이 어두워진다.

크지 않다, 저 구름은, 구름 가장자리에 은빛이 비치니까. 달빛이 다시 드러나면, 아이들에게 가야지. 달빛이 이제 다시 비친다.

소녀는 나체다.

Z는 그 애 앞에서 무릎을 꿇고 있다.

소녀는 하얗다.

나는 기다린다.

소녀가 점점 더 마음에 든다.

저쪽으로 가, 네가 가서 상자를 열어 망가뜨렸다고 말해! 네가 그랬다고, N이 아니라. 저쪽으로 가, 가란 말이야!

나는 가지 않는다.

이제 Z는 나무 등걸에 앉아 있고, 그 애는 Z의 무릎에 앉는다.

저 아이의 다리는 참 아름답구다.

저쪽으로 가라고!

그래, 당장…….

그런데 구름이 새롭게 몰려온다, 훨씬 더 크고 검다. 구름 주변으로 은빛이 비쳐 나오지 않고 땅을 덮어 가린다. 하늘은 사라지고, 나는 더 이상 아무것도 보지 못한다.

귀를 기울여 보는데, 숲에서 발걸음 소리만 들린다. 나는 숨을 죽인다.

누가 가지?

아니면 저 위의 폭풍인가?

나는 나조차도 볼 수가 없다.

어디 있니, 아담과 에바야?

너희는 얼굴에 땀을 흘리지 않고도 빵을 얻을 수 있다고 생각하는구나! 에바는 사진기를 훔치고, 아담은 보초를 서는 대신 두 눈을 감아 버리니까…….

내일 아침에 말해야겠어, Z에게. 이른 새벽에 말이야. 내가 상자를 열어 망가뜨렸다고. 내일은 어떤 방해를 받더라도 꼭 말하겠어!

사랑의 하느님이 수천의 나체 소녀를 내게 보낸다 해도 말이지……!

밤은 점점 강력해진다.

밤은 나를 단단히 붙들고, 더욱 어둡고 조용하게 만든다.

이제 돌아가련다.

나는 조심스럽게 앞을 더듬는다.

손을 뻗으니 나무가 닿는다. 나무를 피한다.

다시 더듬어 본다. 앗, 깜짝 놀라 급히 손을 뗀다.

뭐였지?!

내 심장이 멈춘다.

소리를 내고 싶다, 크고 크게. 하지만 참는다.

뭐였지?!

아니, 나무가 아니었어!

손을 뻗었을 때 나는 어떤 얼굴을 만졌다.

나는 떨고 있다.

앞에 누가 있는 거지?

앞으로 갈 엄두를 못 내겠다.

누구지?!

아니면, 착각일까?

아니야, 분명히 만졌어, 코와 입이었어.

나는 바닥에 주저앉는다.

그 얼굴은 아직도 있을까?

동틀 때까지 기다려라!

움직이지 말고…….

구름 위 달 속의 남자가 담배를 핀다.

보슬비가 내린다.

내게 그렇게 침이나 뱉어라, 달 속의 남자여!

전날

드디어 동이 트고, 아침이다.

내 앞에는 아무도 없다, 얼굴도 그 어떤 것도.

나는 눈에 띄지 않게 야영장으로 돌아간다. 부사관은 등을 대고 누워 입을 벌린 채 자고 있다. 빗방울이 텐트를 두드린다. 이제야 피곤을 느낀다.

잠을 자고, 또 잔다.

깨어 보니 연대는 이미 떠난 뒤였다. Z에게 말해야겠어. 상자는 내가 열었고, N이 아니었다고. 그 애가 돌아오면 말이야.

오늘은 출발 전날이다.

내일이면 우리는 텐트를 해체하고 다시 도시로 돌아간다.

이제는 비가 마구 쏟아지다가 아주 가끔 멈춘다. 골짜기에는 안개가 두껍게 깔렸다. 우리는 더 이상 산을 보지 못할 것이다.

정오가 되자 연대가 돌아왔지만, 전부는 아니다.

N이 없다.

길을 잃었나 봐요라고 부사관이 말하더니, 찾아오겠지요 한다.

Z가 일기에 썼던 동굴이 떠오르며 나는 불안해진다.

두려움인가?

이제는 바로 Z에게 말해야겠어, 안 그러면 더 때를 놓치게 될 거야!

Z는 제 텐트에 앉아서 무언가를 적는다. 혼자다. 그 애는 내가 다가가자 재빨리 일기장을 덮고 미심쩍은 시선으로 나를 살핀다.

"아하, 다시 일기를 쓰는구나!" 이렇게 말하면서 나는 웃어 본다. Z는 말없이 나를 바라만 본다. 아이의 두 손에는 할퀸 자국이 보인다.

Z는 내가 할퀸 자국을 살피는 것을 보고는 두 손을 황급히 주머니 속으로 찔러 넣는다.

"춥니?"라고 물으며 나는 그 아이에게서 눈을 떼지 않는다.

Z는 여전히 말이 없고, 단지 네라고 목을 끄덕이는데 비웃음이 그 애의 얼굴을 스친다.

"있잖아," 나는 천천히 말을 꺼낸다. "너는 N이 네 상자를 열어 망가뜨렸다고 생각하는데……."

"생각만 하는 게 아니에요." Z가 갑자기 내 말을 막는다. "그 애가 진짜 그랬어요."

"그걸 네가 어떻게 아니?"

"N이 직접 말해 줬어요."

나는 Z를 똑바로 쳐다본다. N이 직접 말했다고? 아냐, 그건 불가능하지, 그 애가 한 일이 아니니까!

Z는 순간 내 눈치를 살폈다. 그러더니 다시 말을 잇는다.

"오늘 오전에 저한테 털어놓았어요, 자기가 상자를 열었다고. 철사로 열었는데 다시 잠그지는 못했다고, 자물쇠가 고장 나는 바람에요."

"그래서?"

"그래서 저한테 용서해 달라고 빌었어요, 저는 용서해 주었고요."

"용서했다고?"

"네."

Z가 무심한 듯 앞을 바라본다. 나는 더 이상 아무것도 모르겠다, 그러다 갑자기 떠오른다. "누구든 내 상자에 손대기만 해라, 죽는다!"

말도 안 돼, 말도 안 돼!

"N이 지금 어디 있는지 아니?" 나는 급히 묻는다.

Z는 아주 침착하다.

"제가 그걸 어떻게 알아요? 어딘가에서 길을 잃었나 보죠. 저도 그런 적이 있어요……." 그리고 Z는 일어나더니, 더 이상 말하고 하고 싶지 않다는 듯한 태도를 보였다. 그때 Z의 재킷이 찢어진 것을 보았다.

너 거짓말하는 거지라고 해야 할까? N이 자백했을 리가 없잖아, 네 일기장을 본 건 나니까 말이다.

그런데 Z가 왜 거짓말을 하지?

아냐, 그런 생각은 해서도 안 돼!

어제 Z가 N을 때렸을 때 어째서 나는 바로 말하지 않았던가! 내 모든 학생들 앞에서 철삿줄로 몰래 상자를 열었다고 말하는 것이 수치스러웠던 거지. 의도가 아무리 좋았다 해도 말이야. 그래, 이해해, 이해할 수 있어! 그럼 오늘 아침에는 왜 늦잠을 자 버린 거지?! 맞아, 어젯밤 숲에 앉은 채로 입을 다물어 버렸거든. 그리고 이제, 이제는 입을 열어도 별 도움이 안 돼. 이제는 너무 늦었어.

그래, 내게도 잘못이 있어.

나 역시 N이 걸려 넘어진 돌부리이고, N이 빠진 구덩이이고, N이 떨어진 낭떠러지인 거야, 그런데 오늘 새벽에는 왜 아무도 나를 깨우지 않았던 거지?!

나는 죄없이 유죄 판결을 받지 않으려고 했는데, 스스로를 변호하는 대신 잠을 자 버린 거야. 신의 계산대로 안 되게 하려고, 내 자유의지로 바꿔 보려 했는데 값은 이미 치러져 버렸어.

내가 우리 모두를 구원하려 했지만, 우리 모두는 이미 익사해 버렸던 거지.

영원한 죄의 바다에서.

그럼 자물쇠가 고장 난 것은 누구의 잘못이지? 자물쇠가 다시 잠기지 않게 한 것 말이야?

열렸건 잠겼건 나는 말을 해야 했어.

죄의 길은 서로 맞닿아 교차하면서 서로 뒤엉키게 마련이니. 미로, 미궁…… 거울 속 미로의 수수께끼 정원처럼.

북적거리는 대목 시장, 대목 시장처럼!

들어오세요, 여러분!

당신들의 존재로 생긴 죄를 참회하고 죗값을 치르세요! 이미 늦었으니 두려울 것도 없어요……!

오후에 우리 모두는 N을 찾으러 다녔다.

숲 전역을 다 뒤졌고 계속 "N! N!"을 불러댔지만, 대답은 돌아오지 않았다. 나는 기대도 하지 않았다.

우리가 돌아왔을 때는 이미 어둠이 내렸다. 비에 푹 젖어 몸이 얼어 있었다. 탐색은 성과가 없었다.

"이렇게 계속 비가 내려대면," 부사관이 저주를 퍼붓듯이 말한다. "대홍수만 남겠군요!"

그때 다시 말씀이 떠올랐다. "비가 그치고 물이 홍수를 피하니 하느님께서 말씀하셨다. '내가 다시는 사람으로 인하여 땅을 저주하지 아니하리라.'"

그리고 나는 재차 묻는다. 하느님은 당신 스스로와의 약속을 지켰나요?

비는 더욱 세차게 내린다.

"경찰에 신고해야겠습니다." 부사관이 말한다. "N이 사라졌다고요."

"내일 하지요."

"이해가 안 되는군요. 선생님, 어떻게 이렇게 차분하죠?"

"N은 길을 잃었을 거예요. 길 잃기가 쉽잖아요? 그래서 어느 농가에서 하룻밤을 보냈을 수도 있고요."

"이 근처에는 농가가 없어요. 동굴뿐입니다." 나는 깜짝 놀란다. 그 말에 한 대 맞은 것 같다.

"그러기를 바라지요," 부사관이 말을 잇는다. "N이 부러진 데 없이 어느 동굴에 앉아 있기를."

그래요, 그러길 바랍시다.

나는 부사관에게 문득 묻는다. "그런데 오늘 새벽에 저를 왜 안 깨웠나요?"

"왜 안 깨웠냐고요?" 그는 웃는다. "계속 깨웠어요, 그런데 악마가 데려가기라도 한 것처럼 누워서 꿈쩍도 안 하더군요!"

그렇다, 신은 세상에서 가장 무서운 분이다.

마지막 날

야영 마지막 날에 하느님이 왔다.

나는 진작부터 그를 기다리고 있었다.

부사관과 아이들이 텐트를 해체하고 있을 때, 신이 왔다.

신의 등장은 끔찍했다. 부사관은 메스꺼워 앉아야만 할 정도였다. 학생들은 너무 놀라서 그냥 그렇게 반쯤은 굳어 있었다. 그들은 조금씩 동요하기 시작했고, 동요는 점점 커져 갔다.

Z만 별 동요가 없었다.

그 애는 바닥을 뚫어지라 바라보며 서성였다. 그나마 이삼 미터 정도였고, 계속 서성이기만 했다.

그러고 나서는 모두 섞여 정신없이 소리 지르는 것처럼 보였다, 내게는 말이다.

단지 Z만 말이 없었다.

무슨 일이 벌어진 거지?

숲에서 일하는 일꾼 둘이 훈련장으로 왔다. 톱과 도끼를 들고 배낭을 멘 사람들이었다. 그들은 남자아이를 발견했다고 말했다. 그 아이의 학생증을 가지고 있었다.

N이었다.

N은 동굴들 근처 어느 해자에서 발견되었는데, 숲속 빈터에서 멀지 않은 곳이었다. 머리에는 터진 상처가 있는 채였다. 돌로 머리를 맞았거나, 어떤 둔기로 맞은 것 같다고 했다.

어찌 되었든 N은 갔다. 죽었다, 죽은 것이다.

누군가 그 애를 쳐서 죽였다고 숲의 일꾼들이 말했다.

나는 그들과 마을로 내려갔다. 경찰에게로. 재빨리 내려갔다. 신은 그곳에 남았다.

경찰은 가까운 도시의 검사와 통화를 하고 나는 학교의 교장에게 전보를 쳤다. 살인 사건 전담 형사들이 왔고, 우리는 그 애가 발견된 장소로 이동했다.

그곳에 N이 있었다, 해자에.

그 애는 엎어져 있었다.

그렇게 N의 사진이 찍혔다.

형사들은 주변을 조사했다. 하나도 빼놓지 않고 샅샅이. 흉기와 흔적 등을 찾아다녔다.

그들은 N이 해자에서 타살된 것이 아니라 그곳에서 약 이십여 미터 떨어진 곳에서 가격당했다는 것을 알아냈다. N이 발견되지 않도록 해자 쪽으로 끌고 온 흔적이 분명하게 드러났다.

형사들은 흉기도 찾아냈다. 뾰족한 돌에 피가 묻어 있었다. 연필 한 자루와 나침반도 하나 발견했다.

가까운 거리에서 그 돌로 N의 머리를 아주 세게 내리쳤을 것이라고 의사는 말했다.

그리고 교활하게 뒤에서 가격했다고 했다.

N은 도망치고 있었던 걸까?

범죄가 일어나기 전에 먼저 격렬하게 싸웠을 것이다. N의 재킷이 찢겨 있었고 N의 두 손에 긁힌 상처가 있었다.

살인수사팀이 야영장에 들어섰을 때 나는 바로 Z를 살폈다. 그 애는 조금 떨어져 앉아 있었다. Z의 재킷도 찢겨 있고, 두 손이 긁혀 있었지라는 생각이 들었다.

하지만 그런 이야기는 하지 않겠다. 내 재킷은 멀쩡하고 내 손에는 생채기 하나 없지만, 나 역시 죄를 지었다!

형사들이 우리를 심문했다. 그 누구도 범죄가 어떻게 일어났는지 몰랐다.

"의심 가는 사람은 없나요?" 검사가 내게 물었을 때, 나는 신을 다시 보았다. 신은 손에 Z의 일기를 들고 그 애가 자던 텐트에서 나오고 있었다.

이제 신은 R과 이야기를 하고, Z에게서 눈을 떼지 않는다.

키 작은 R은 신을 보지는 못하지만 듣고 있는 듯했다. 그 애의 눈은 점점 커졌는데, 어떤 새로운 땅을 발견한 것 같았다.

그때 나는 다시 검사의 목소리를 듣는다. "말씀 좀 해 보세요! 의심 가는 사람이 없습니까?"

"없습니다."

"검사님," R이 갑자기 큰 소리를 내며 앞으로 나선다. "Z랑 N은 계속 싸웠어요. N이 Z의 일기를 읽어서 Z가 N의 적이 되었어요……. Z는 일기를 쓰는데, 파란색 철 상자에 있어요!"

모두 Z를 바라보았다.

Z는 고개를 숙인 채로 서 있다. 그 애의 얼굴을 볼 수가 없다. 창백한가, 상기되었나? Z는 천천히 앞으로 걸어 나온다. 그러더니 검사 앞에 선다.

아주 조용하다.

"네,"라고 작게 이야기한다. "제가 그랬어요."

Z가 운다.

나는 신에게 눈길을 보낸다.

신은 웃는다.

왜지?

그렇게 묻는데 더 이상 신이 보이지 않는다. 신은 다시 떠났다.

기자들

내일이면 재판이 열린다.

나는 카페테라스에 앉아 신문을 읽는다. 저녁이면 선선해지는 가을이 되었다.

며칠 전부터 언론에서는 세간의 이목을 끄는 화제성 기사를 내보내고 있다. 어떤 신문에서는 'Z의 살인 재판', 또 다른 신문은 'N의 살인 재판'이라는 제목이다. 사건 개요, 심층 보도를 내보내고, 과거 청소년들의 범죄 사건 등을 집중 조명해 다루거나, 청소년을 일반화하여 그 자체로 기사를 내기도 하고 수천수백 가지의 추측성 예언 기사를 내다가도 결국에는 어김없이 살해된 N과 살인자 Z에 대한 기사를 썼다. 어느 신문사 기자는 오늘 이른 아침에 나를 찾아와 인터뷰했다. 내 사진도 찍어 갔다. 석간 신문에 실렸을 것이다. 신문을 찾아본다.

아하, 여기 있군, 사진이! 흠, 나도 나를 거의 못 알아보겠군. 사진은 뭐 그런대로 잘 나왔어. 사진 아래 이렇게 쓰여 있다. "교사는 무엇이라고 말하는가."

그래, 나는 뭐라고 말하지?

"본지 기자는 오늘 오전 시내의 김나지움을 찾아 한 교사를 만났다. 해당 교사가 올해 초 인솔했던 야영장에서 청소년 간에 불운한 비극이 일어났다. 교사는 여전히 풀리지 않은 수수께끼가 있다고 말했다. Z는 늘 총명했고, 성격적으로 비정상이랄지, 결함이나 범죄자의 본능이 보이는 학생이 아니었다는 것이다. 본지의 기자는 교사에게 이러한 범죄의 뿌리가 청소년들의 잔혹성에 기인하는 것은 아닌가 하는 중대한 질문을 던졌으나, 교사는 철저히 반박했다. 교사의 견해로는 오늘날 청소년들은 잔혹해진 것이 아니라 일반적으로 더 건전해져 오히려 책임감이 더욱 커졌고, 자신을 희생할 줄 알며 국가를 절대적으로 위한다는 것이다. 이번 사건은 개별 사건으로, 고약했던 자유주의 시대로의 회귀이며 심각하고 유감스러운 사건이라고 교사는 말했다. 학교의 타종으로 쉬는 시간이 끝나자 교사는 자리를 떠났다. 그는 자신의 학급으로 성큼성큼 발을 옮겨 그곳에서 어리지만 개방적인 영혼들이 민족공동체의 가치 있는 일원으로 성장하도록 교육한다. 하느님에게 감사할 일이다. Z의 사건은 단지 예외적인 사건일 뿐이다. 개인주의 범죄로 돌출된 예외적 상황일 뿐인 것이다!"

내 인터뷰 다음으로 부사관의 인터뷰가 실렸다. 사진도 같이 실렸는데, 30년 전쯤에나 그렇게 보였겠지, 허영기가 있군!

그럼 부사관은 뭐라 하는가?

"본지 기자는 당시 군사훈련 교육대장을 찾아갔다. 군사훈련 교육대장은 줄여서 대장이라 불리는데, 본지 기자를 매우 정중하게 맞이하였다. 대장은 노년임에도 여전히 생기 있고 노련한 검사(劍士)의 위용을 보이며 꼿꼿한 자세로 인터뷰에 응했다. 훈육의 부재에서 사건의 연유를 찾을 수 있다고 대장은 말한다. 시체를 발견했을 때 피살자의 상태에 대해 자세히 설명해 주었다. 세계 전쟁을 모두 겪었지만, 그렇게 잔인한 상처는 처음 보았다고 그는 전했다. '노병인 저는 평화를 지지합니다.' 라며 유익한 인터뷰를 마쳤다."

"본지 기자는 굴뚝청소 기능장 K의 아내이자 어린이방임금지협회 협회장도 만나 보았다. 협회장은 이번 사건에 대해 진심으로 안타까움을 표했다. 공로가 많은 협회장은 며칠 전부터 환영이 나타나는 악몽과 불면에 시달린다고 호소하였다. 협회장은 사회적 고난을 고려하여 다양한 조치를 통해 더 나은 감화원을 만드는 것이 시급하다는 의견을 제시하였다."

나는 신문을 더 넘긴다. 아, 이 사람 누구더라? 맞다, 제빵 기능장 N, 죽은 N의 아버지다! 그의 아내도 같이 사진에 찍혔다. 결혼 전 성은 S인, 엘리자베스 N.

제빵 기능장은 기자에게 말했다. "질문에 기꺼이 답하겠습니다. 불쌍한 우리 오토가 총책임자의 터무니없는 부주의로 희생자가 된 것은 아닌가에 대해서 법정이 꼭 공정하게 밝혀내야만 할 것입니다. 그 선생 말입니다, 훈련대장은 절대 아니고요. *정의는 국가의 기반*이라고 했습니다! 특히 교사들이 제대로 걸러져야 하는데, 교사들 중에는 본색을 숨긴 국가의 적들이 넘쳐납니다. 필리피에서 다시 봅시다."

제빵 기능장 부인도 말했다. "우리 오토는 제 태양이었지요. 이제는 제게 남편만 남았군요. 하지만 오토와 저는 언제나 영적으로 묶여 있답니다. 저는 영적 공동체 모임에 다니고 있어요."

나는 계속 읽어 내려간다.

다른 신문에는 이렇게 쓰였다. "살인자의 어머니는 침실이 세 개 딸린 집에 산다. 대학교수 Z의 미망인으로 Z 교수는 약 십여 년 전 사망했다. Z 교수는 명망 있는 생리학자였다. 신체 절단에 따른 신경 반응에 대한 교수의 연구를 전문가들만 주목한 것이 아니었다. 약 이십 년쯤 전 Z 교수는 동물해부반대단체의 주요 공격목표가 되기도 했다. Z 교수의 부인은 안타깝게도 본지에 그 어떤 진술도 거부했다. 부인은 단지 이렇게 말을 전했다. '제가 지금 어떤 일을 겪고 있는지 모르시겠어요?' 중키의 부인은 애통해하고 있다." 그리고 또 다른 신문에서는 피고인의 변호사를 찾아갔다. 변호사는 나와는 벌써 세 번이나 대화를 나누었고, 이 사건에 적극적으로 열과 성을 다하고 있다. 젊은 변호사는 자신에게 이 재판이 얼마나 중요한지 잘 알고 있는 것이다.

모든 기자들의 시선이 변호사에게 향한다.

인터뷰 기사는 길다.

"이 재판은 세간의 주목을 받는 살인 사건을 다루고 있습니다."라며 변호사는 자신의 인터뷰를 시작한다. "이 사건에서 변호는 매우 위태롭습니다. 검사에게뿐만 아니라 제가 변호를 해야 하는 피고인에게도 변호의 칼날을 겨누어야 하는 상황이기 때문입니다."

"왜 그렇습니까?"

"피고는 대인범죄행위에 대해 죄가 있다고 자백하였습니다. 이 사건이 살인 사건이기는 합니다만 저는 우발적이었다는 점을 특히 강조하고 싶습니다. 청소년 피고가 자백을 했지만 저는 피고가 범인이 아니라고 확신하고요. 제 심증으로는 피고가 진범을 숨기고 있습니다."

"설마 박사님께서는 지금 다른 사람이 범행을 저질렀다고 주장하시는 건 아니지요?"

"맞습니다! 저는 그 부분을 적극 피력할 것입니다! 꼭 집어서 말할 수는 없지만 범죄 사냥꾼의 어떤 본능이 말해 주고 있습니다. 하지만 본능 말고도 저는 제 주장에 맞는 확실한 근거를 여럿 가지고 있습니다. Z는 범인이 아닙니다. 범죄의 동기에 대해서 한 번 생각해 보세요! 동급생을 타살했는데, 그 이유가 자기 일기를 읽었다는 것입니다. 그럼 일기에는 대체 무엇이 쓰여 있었나요? 타락한 여자애와의 연애 정사가 주입니다. 여자애를 보호하려고 아무 생각도 없이 이렇게 쓰지요. '누구든 내 일기장을 건드리기만 해라, 죽는다!' ……물론이지요, 물론입니다! 모든 정황이 피고에 반하는 것이면서도 또 다 그런 것도 아닙니다. 자기가 범죄를 저질렀다며 기사도적인 태도로 자백하는 것은 차치하고서라도, 피고는 실제 살인 자체에 대해서는 아무 말도 하지 않고 있는데, 이상하지 않습니까! 범행 과정에 대해서는 단 한마디도 없습니다. 우리에게 왜 말하지 않는 것일까요? 피고는 기억나지 않는다고 합니다. 틀렸습니다! 피고는 어디서 어떻게 그리고 언제 불쌍한 자기 동기가 타살되었는지 알지 못하기 때문에 기억할 수 없는 것입니다. 흉기가 돌이었다는 것만 알고 있습니다. 그런데 그 돌을 보여 주어도 기억나지 않는답니다. 여러분, 피고는 분명 타인의 범죄를 은폐하고 있습니다."

"하지만 재킷은 찢어지고, 두 손에는 할퀸 자국이 있었습니다."

"물론, 피고는 N을 낭떠러지에서 만났을 것이고 서로 싸웠겠지요. 이 부분에 대해서는 피고도 매우 상세하게 기술하고 있습니다. 그런데 그런 다음에 N 뒤에서 몰래 돌로 내리쳤다? 아니지요, 아닙니다! N을 돌로 친 것은 다른 사람, 아니 다른 여자애입니다!" "그 여자애 말씀이신가요?"

"그렇지요, 저는 그렇게 생각합니다. 여자애가 피고를 조종했고, 지금도 여전히 조종하고 있습니다. 피고는 그 여자아이에게 예속된 상태입니다. 여러분, 우리는 재판 중에 정신과의 자문도 구할 예정입니다!"

"소녀가 증인으로 출석합니까?"

"당연하지요! 그 애는 살인 사건이 일어난 지 얼마 지나지 않아 어느 동굴에서 잡혔고, 같은 도적 패거리들과 유죄 판결을 받았습니다. 우리는 에바를 만나 증언을 듣게 될 겁니다. 어쩌면 내일 바로요."

"재판은 얼마나 걸릴까요?"

"저는 이삼 일을 예상하고 있습니다. 증인이 많지는 않지만,

말씀드린 대로 피고를 대상으로 힘들게 싸워야 합니다. 세게 나오면 세게 대응해야지요. 싸워 뚫고 나가겠습니다! 피고는 절도 비호에 대해서만 유죄 판결을 받을 것입니다. 그것뿐입니다!"

그렇다, 그것이 전부였다.

그 누구도 신을 언급하지 않는다.

Z의 살인 재판 또는 N의 살인 재판

법정 앞에는 삼백여 명이 모였다. 그들 모두 법정에 들어가려고 했지만, 문은 닫혔고, 방청권은 이미 몇 주 전에 모두 교부되었다. 대부분 후원을 통해서였지만, 이제는 방청이 더욱 엄중하게 통제되었다.

복도를 지나가기도 어려울 정도였다.

모두들 Z를 보려고 했다.

특히 여성들이 그랬다.

외모에 무관심하건 우아하게 차려입은 여성이건 발정이 난 듯 파국을 밝혔지만 그렇다고 그것으로 잉태를 할 수는 없다.

여성들은 타인의 불행과 함께 침대에 누워 인위적 연민으로 자신들을 만족시켰다.

기자석은 만원이었다.

출석한 증인은 N의 부모, Z의 어머니, 부사관, Z, N과 같은 텐트를 썼던 R, 피해자의 시신을 발견한 숲의 일꾼 둘, 예심판사, 경찰 등이었다.

물론 나도.

그리고 당연히 에바도.

하지만 에바는 아직 재판정에 나오지 않았다. 나중에 데려올 것이다.

검사와 변호사가 서류를 뒤적인다.

지금 에바는 독방에 앉아서 순서를 기다리고 있겠지.

피고가 들어온다. 경비가 Z를 데리고 온다.

Z는 변함없어 보였다. 조금 창백할 뿐이었고, 두 눈을 움찔거렸다. 빛 때문에 불편해한다. 그의 가르마는 여전히 반듯하다.

학교 의자에 앉듯이 Z는 피고인석에 착석한다.

모두의 시선이 피고에게 향한다.

Z는 잠시 재판정을 둘러보다 자신의 어머니를 발견한다.

어머니를 바라본다……. 동요하고 있나?

아닌 것 같다.

Z의 어머니는 아들을 거의 쳐다보지 않는다.

아니면 그렇게 보이는 것뿐일까?

그 애의 어머니는 두꺼운 베일을 쓰고 있다……. 검고 또 검어, 얼굴이 없다.

부사관이 나를 보고 인사하더니 자신의 인터뷰를 읽었는지 묻는다. "네."라고 나는 대답한다, 제빵 기능장 N은 내 목소리를 듣고서 악의적으로 귀를 쫑긋 세운다. 그는 아마 나를 때려죽일 수도 있을 것이다.

구운 지 오래된 작은 제멜 빵으로.

베일

소년부 법원장이 재판정에 들어서자 모두 기립한다. 법원장은 착석하고 개정을 선언한다.

인자한 할아버지 같은 인상이다.

기소장이 낭독된다.

Z는 우발적 범죄가 아니라 교활하게 계획한 살인죄로 기소된다.

마치 "아, 아이들이란!" 하듯 할아버지는 고개를 젓는다.

그러고는 피고 쪽을 본다.

Z는 기립한다.

자신의 이름과 신상을 말하는데, 긴장하지 않는다.

이제 자신에 대해 자유 진술할 차례이다. Z는 잠시 어머니를 조심스럽게 살피더니 긴장한다.

자신은 다른 아이들과 비슷했다고 작은 목소리로 말하기 시작한다. 그의 부모님은 다른 부모님들과 마찬가지로 특별히 엄하지도 않았다고 한다. 그리고 아버지는 일찍 돌아가셨다고.

그는 외동아들이다.

어머니는 손수건을 눈가로, 아니 베일 위로 가져간다.

아들은 무엇이 되고 싶었는지 말한다……. 그래, 아이는 나중에 대단한 발명가가 되고 싶었단다. 그래도 소소한 것들, 예를 들면 새로운 지퍼 같은 작은 것들을 발명하고 싶었다고 한다.

"그래, 좋은 생각이지," 법원장이 고개를 끄덕였다. "그런데 아무런 발명을 못 한다면?"

"그러면 아마도 비행사가 되려고 했을 겁니다. 우편배달 비행사요. 해외로 가는 거면 좋겠어요."

검둥이들에게? 문득 나는 그런 생각이 떠올랐다.

Z가 과거 자신이 꿈꾼 미래 이야기를 하는 동안 시간이 점차 다가오고 있다. 가까이…… 이제 머지않아 사랑하는 하느님께서 나타났던 그날이 오겠지. Z는 야영장 생활, 사격, 행군, 깃발 세우기, 부사관과 나에 대해 진술한다. 그러고는 묘한 말을 한다. "선생님의 견해는 너무 미숙하다는 생각이 들었어요."

법원장은 놀란다.

"왜지?"

"선생님께서는 세상이 어때야 한다고는 말씀하셨지만, 실제로 어떤지에 대해서는 한 번도 말씀하지 않으셨거든요."

법원장은 동그래진 눈으로 Z를 바라본다. 이제 자신이 라디오가 지배하는 땅으로 발을 옮겨 디디는 중이라는 것을 법원장은 알게 된 걸까? 도덕에 대한 동경이 고철 덩어리가 되어 내던져 버려지고, 인간은 현실의 잔혹함에 먼지 구덩이 속에서 굴복하는, 그런 곳으로? 그렇다, 재판장은 감을 잡는 것 같다.

그 땅을 벗어나기 위해 적당한 기회를 살피는 것처럼 보인다. 문득 법원장이 Z에게 묻는다. "너는 하느님을 믿니?"

"네." Z는 곧바로 대답한다.

"그럼 다섯 번째 계명을 알고 있니?"

"네."

"범행을 후회하니?"

법정이 갑자기 조용해진다.

"네," Z는 이어 말한다. "크게 후회합니다."

하지만 거짓처럼 들린다. 후회가.

법원장은 크게 코를 푼다.

심문은 당시 월요일로 향한다.

모두 다 알고 있는 세부 사항들을 다시 되새긴다.

"아침 일찍부터 행군을 시작했습니다." Z가 수백 번째 말한다. "일렬종대로 덤불 숲을 통과해 구릉지에 보루를 쌓고 기관총으로 중무장한 듯 표시해 놓은 적을 향해 이동하기로 되어 있었습니다. 저는 동굴 근처에서 N과 마주쳤습니다. 어느 암벽 근처였어요. N 때문에 저는 극도로 화가 나 있었는데, 그 애가 제 상자를 열어 망가뜨려서 그랬습니다. 그 애는 아니라고 했지만요."

"잠깐!" 법원장이 그의 진술을 중단시킨다. "선생님이 예심판사에게 진술한 내용의 진술서를 보면 자기가 일기 보관함을 열어 봤다고 N이 네게 인정했다고 되어 있는데."

"그건 제가 그냥 그렇게 말한 거예요."

"왜지?"

"나중에 드러나더라도 의심받지 않으려고요."

"아하, 계속해라!"

"그래서 N이랑 저, 우리는 몸싸움을 시작했고, 그러다가 N이 저를 밀쳐서 저는 거의 벼랑 아래로 떨어질 뻔했어요……. 눈에서 불이 나서 벌떡 일어나 그 애를 향해 돌을 던졌어요."

"벼랑에서?"

"아니요."

"그럼 어디에서?"

"그건 기억나지 않습니다."

Z가 어색하게 웃는다.

Z에게서는 더 이상 나올 것이 없다.

더는 기억나지 않는단다.

"그럼, 어디부터 다시 기억나니?"

"다시 훈련장으로 돌아가서 일기에 N이랑 크게 싸웠다고 쓴 것부터요."

"그렇지, 그것이 네 일기의 마지막이었는데, 마지막 문장은 완성하지 못했더구나."

"네, 그때 선생님이 방해했거든요."

"선생님이 네게서 무엇을 원했는데?"

"저도 모르겠습니다."

"그럼, 선생님께서 직접 이야기해 주시겠지."

재판정 탁자 위에는 Z의 일기장, 연필 한 자루, 나침반이 놓여 있다. 그리고 돌 하나.

법원장은 Z가 그 돌을 다시 알아보는지 묻는다.

Z는 그렇다고 고개를 끄덕인다.

"그럼, 연필과 나침반은 누구 것이지?"

"제 것은 아닙니다."

"불행한 N의 것이다."라고 법원장이 말하더니 다시 재판서류를 훑는다. "어, 아니군! 연필만 N 것이야! 나침반은 네 것인데 왜 말하지 않니?"

Z의 얼굴이 붉어진다.

"까먹었습니다." 작은 목소리로 죄송하다고 말한다.

그때 변호인이 일어선다. "법원장님, 아마 나침반은 정말로 피고의 것이 아닐 겁니다."

"무슨 말이 하고 싶은 건가요?"

"제가 드리고 싶은 말씀은 치명적 증거물인 이 나침반은 N의 것도 Z의 것도 아니고 어쩌면 제삼자의 것일 수 있다는 것입니다. 범행이 일어났을 때 정말 제삼자가 없었는지 피고에게 질문을 부탁드립니다."

변호인은 다시 착석했고, Z는 짧지만 적의에 찬 눈길을 변호인에게 던졌다.

"제삼자는 전혀 없었습니다." Z는 분명하게 말한다.

이때 다시 변호인이 벌떡 일어난다. "언제 어떻게 그리고 어디서 범행이 일어났는지도 전혀 기억하지 못하는 피고가 제삼자가 없었다는 것은 어떻게 그렇게 분명히 기억합니까?!"

이때 검사가 끼어든다.

"변호인께서는 아마도," 검사는 비꼬듯 말한다. "피고가 아닌 누군가 대단한 미지의 인물이 살인을 했다고 말하고 싶은가 본데, 그렇군요. 누군가 대단한 미지의 인물이……."

"모르겠군요." 이번에는 변호인이 검사의 말을 자른다. "타락한 여자아이, 그것도 도적단이나 조직하는 여자애가 그저 대단한 미지의 인물이라고 불려도 될지 말입니다……."

"여자애는 범인이 아닙니다." 다시 검사가 변호인의 말에 끼어든다. "그 여자애는 하느님도 아실 만큼 신문을 많이 받았습니다. 그리고 그 사실은 예심 판사님을 증인으로 모셔 들을 수 있습니다. 그렇지 않더라도 피고는 지금 자신의 범행을 인정하고 있고, 그리고 당시에도 바로 인정했습니다. 피고가 범인이 맞다는 것이죠. 변호인은 살인은 소녀가 했는데, Z가 단지 소녀를 덮어 주려고 한다는 말로 의도적으로 사실을 왜곡하고 있습니다. 망상입니다." "잠깐만요!" 변호인은 웃음을 머금고 Z 쪽으로 향한다.

"피고의 일기에는 '그 소녀가 돌을 집어들어 내게 던졌고, 맞았더라면 나는 죽었을 것이다.' 이렇게 쓰여 있지 않던가요?"

Z는 차분하게 변호인을 바라본다. 그러고는 아니라는 듯 몸짓을 한다.

"제가 과장한 거예요, 그냥 작은 돌멩이였어요."

그러더니 Z는 갑자기 마음을 다잡아 말한다.

"제 변호를 그만해 주세요, 박사님. 저는 제가 한 행동에 벌을 받고 싶습니다!"

"그럼 피고의 어머니는?" 변호인이 Z에게 소리친다.

"고통을 당하는 어머니는 전혀 생각하지 않는 겁니까?! 피고는 자신이 지금 뭘 하고 있는지 아무것도 모르고 있어요!"

Z는 고개를 떨군 채로 서 있다.

그러고는 고개를 들어 어머니를 바라본다. 탐색하듯 바라본다.

모두가 Z의 어머니를 바라보지만, 베일에 가려 아무것도 볼 수 없다.

집에서

증인 심문 전 법원장은 휴정한다. 점심시간이다. 법정은 서서히 비어 가고 피고는 이송된다. 검찰과 변호인은 각자 승소를 확신하며 서로를 본다.

나는 법원 정원으로 산책을 나간다.

날씨가 흐리고 습하며 춥다.

나뭇잎은 떨어지고…… 그래, 다시 가을이다. 나는 모퉁이를 지나다 잠시 멈칫한다.

그러고는 계속 걸어간다.

벤치에 Z의 어머니가 앉아 있다.

미동도 하지 않는다.

중키 정도구나라는 생각이 든다.

나도 모르게 인사를 한다. 하지만 그녀는 인사를 받지 않는다.

어쩌면 나를 전혀 보지 못했을지도.

어쩌면 어디 완전히 다른 곳에 있거나…….

내가 신을 믿지 않았던 시간은 이제 끝났다. 오늘은 신을 믿는다. 그렇다고 신을 좋아한다는 것은 아니다. 야영장에서 키 작은 R과 이야기하고 Z를 살피던 하느님의 모습이 여전히 내 눈에 선하다. 하느님은 꿰뚫어 보는 듯 고약한 눈을 가졌던 것 같다. 싸늘한, 아주 싸늘한 눈빛이었다. 그렇다, 신은 선하지 않다.

신은 왜 Z의 어머니가 저렇게 앉아 있게 내버려 두는가? 대체 무엇을 했다고? 아들의 범행에 어머니가 어떤 책임이 있지? 왜 어머니에게 벌을 내리는가, 저주는 아들이 받았는데?

그렇다, 신은 공정하지 않다.

담배를 피워야겠군.

바보 같으니라고, 집에 두고 왔네!

나는 정원을 벗어나 담뱃가게를 찾는다.

옆 골목에서 가게를 발견한다.

키 작은 노부부가 운영하는 가게다. 노인장이 담배 상자를 열고, 노부인이 열 개비를 세는 데까지 시간이 꽤 걸린다. 그들은 서로의 길을 막기도 하지만, 서로에게 다정하다. 노부인이 잔돈을 덜 주어 나는 웃으며 말한다. 부인이 깜짝 놀란다. "하느님, 보살피소서!"라고 노부인은 말했고, 나는 신께서 당신을 보살피면, 당신은 참 안온하겠군요라고 생각한다.

잔돈이 부족한 노부인은 옆 정육점으로 돈을 바꾸러 간다.

나는 노인장과 둘이 남아 담배에 불을 붙인다.

노인은 내가 법원 사람인지 묻는다. 가게 손님들이 주로 법원에서 와서 그렇단다. 그러고는 바로 살인 재판에 대해서도 묻는다. 노인은 재판에서 하느님의 손길을 분명히 볼 수 있어서 관심이 많이 간다고 말한다.

나는 귀를 기울인다.

"하느님의 손길이라고요?"

"네."라고 말하고는 이어서 이야기한다. "이번 사건에는 관련자 모두에게 죄가 있는 것 같더군요. 증인, 부사관, 선생님, 그리고 부모도요."

"부모도요?"

"네, 청소년들뿐 아니라 부모들도 하느님을 신경 쓰지 않잖아요. 마치 하느님께서 더는 안 계신 듯 말이에요."

나는 거리를 내다본다.

노부인은 정육점을 나와 오른쪽의 빵집으로 간다. 흠, 정육점 주인도 돈을 바꾸어 줄 수 없는 모양이군.

밖에는 아무도 보이지 않는데, 문득 이상한 생각 하나를 떨쳐 낼 수가 없다. 정육점 주인이 돈을 바꿔 줄 수 없는 데에는 어떤 뜻이 있는 것이다. 내가 여기서 기다려야만 하는 것에도 어떤 뜻이 있다.

바깥 잿빛의 높은 집들을 보며 나는 말한다. "하느님이 어디 사는지 알 수만 있다면요."

"사람들이 그분을 기억하는 어느 곳에나 그분은 계신답니다."라는 노인의 목소리를 듣는다. "그분은 여기 우리와도 함께 살고 계시죠. 우리는 절대 다투지 않거든요."

갑자기 나는 숨이 멎는다.

뭐였지?

노인의 목소리였던가?

아니, 노인의 목소리가 아니었어. 다른 목소리였다.

그럼 누가 말한 거지?

나는 뒤를 돌아보지 않는다.

그리고 다시 그 목소리가 들린다.

"내 이름을 걸고 증언할 때 네가 상자를 열어 망가뜨렸다는 사실을 숨기지 말라."

안 됩니다! 그렇게 되면 저도 처벌받게 될 거예요. 도둑의 체포를 막은 것이니까요!

"너 또한 처벌받아야 한다!"

그럼 저는 제 일자리를 잃습니다, 먹을 빵을요…….

"잃어야지, 부당한 일이 다시 일어나지 않도록 말이다."

그럼 부모님은요? 저는 부모님의 생계를 돕고 있는데요!

"내 너에게 너의 어린 시절을 보여 줄까?"

제 어린 시절이라고요?

어머니는 잔소리하고, 아버지는 성을 내고 있다. 두 분은 계속 다툰다. 아니야, 너는 이 집에 함께 살지 않아. 단지 지나갈 뿐이야, 그리고 네가 돌아간다고 해도 그 누구도 기뻐하지 않아!

나는 울고만 싶다.

"말하라," 나는 목소리를 듣는다. "네가 그 상자를 열었다고 말하라, 나를 위해 그리하라. 그리고 더 이상 나를 화나게 하지 말라."

나침반

재판은 속개된다.

증인들 차례다.

숲의 일꾼, 경찰, 예심 판사, 부사관 모두 증언을 마쳤다. 제빵 기능장 N과 그의 부인 엘리자베트 N도 아는 것을 이미 다 말했다. 그들 모두 아무것도 모르고 있었다.

제빵 기능장은 검둥이에 대한 내 견해를 언급하지 않고 그냥 넘어갈 수 없었던 모양이다. 나의 성향이 의심스럽다며 격렬하게 비난했고, 법원장은 제빵 기능장을 못마땅하다는 듯이 바라보았지만, 차마 그의 말을 끊지는 못했다.

이번엔 Z의 어머니가 호명된다.

Z의 어머니는 일어나 앞으로 나간다.

재판장은 Z의 어머니에게 증인 진술을 면할 수도 있다고 자세히 설명하는데, Z의 어머니가 재판장의 말을 끊더니, 진술하겠다고 한다.

말을 하면서도 베일을 벗지는 않는다.

거슬리는 목소리다.

Z는 조용한 아이지만, 버럭 화를 내기도 하는데 그런 성질은 아버지에게서 물려받았다고 어머니는 말한다. Z는 어릴 때 웬만한 작은 병치레는 다 했지만, 크게 아팠던 적은 한 번도 없다고 했다. 정신병력은 부계나 모계 쪽 모두 가족사에 없다고 한다.

그러다가 갑자기 하던 말을 멈추고는 묻는다. “법원장님, 제가 아들에게 질문을 하나 해도 될까요?”

“그렇게 하세요!”

Z의 어머니는 탁상으로 가서 나침반을 집더니 아들 쪽으로 고개를 돌린다.

“너한테 언제부터 이런 나침반이 있었어?” Z의 어머니는 이렇게 묻는데, 야유하는 것 같다. “나침반을 가졌던 적이 한 번도 없었잖아. 그래서 네가 야영장 가기 전에 나와 다투었고. 다른 애들은 다 있는데 너만 없다면서, 그래서 길을 잃을 거라면서…… 그러면 이 나침반은 어디서 난 거니?”

Z는 굳어서 어머니를 바라본다.

Z의 어머니는 의기양양해 법원장을 바라보며 말한다. “이 나침반은 우리 애 것이 아닙니다. 살인은 이 나침반을 잃어버린 애가 한 거라고요!”

재판정이 웅성거리고, 법원장이 Z에게 묻는다. “어머님이 하시는 말씀을 들었니?”

Z는 여전히 굳은 채로 어머니를 바라본다.

“네.”라고 Z는 천천히 답한다. “어머니는 거짓말을 하고 있어요."

변호인이 벌떡 일어선다. "피고인의 정신상태에 대한 전문가 감정의뢰를 신청합니다!"

그 신청은 추후에 다루겠다고 법원장은 말한다.

어머니는 Z만을 바라보며 말한다. "내가 거짓말을 한다고?"

"그래요."

"나는 거짓말을 하지 않아!" 버럭 소리를 지른다. "나는 살면서 한 번도 거짓말을 해 본 적이 없어. 하지만 너는 늘 거짓말을 했지. 항상 그랬어. 나는 진실만을 말해, 진실만을. 하지만 너는 그 더러운 계집애를 보호하려는 거잖아, 그 썩어 난잡한 계집애를!"

"난잡한 계집애가 아니에요!"

"입 닫아!" 어머니는 발작하듯 더 큰 쇳소리로 외친다. "그래, 그렇게 언제나 비참한 걸레한테는 신경을 쓰면서도, 불쌍한 네 어머니 생각은 한 번도 안 하지!"

"그 여자애는 어머니보다 더 소중해요!"

"정숙하세요!" 판사는 노해서 소리치고 Z에게 증인모독으로 이틀간 금고형을 내렸다. "차마 못 듣겠구나." 판사는 Z에게 계속 호통친다. "어머니에 대한 태도가 그게 뭐냐! 네가 어떤 사람인지 그 속이 다 보인다!"

Z는 동요하기 시작한다.

아버지에게서 물려받았다는 그 애의 화가 터져 나온다.

"저 사람은 어머니도 아니에요!" Z는 소리 지른다. "나는 조금도 신경 쓰지 않고, 늘 시중드는 남자애들만 신경 쓰죠! 저는 어머니가 주방에서 일하는 여자애들한테 내내 끔찍하게 욕하는 소리만 들으며 컸어요."

"저 애는 항상 그 여자애들 편이었죠, 법원장님. 제 아버지하고 똑같아요!" Z의 어머니는 잠시 웃는다.

"웃지 마세요, 어머니!" 아들이 어머니를 다그친다. "테클라 기억나세요?!"

"테클라가 뭐?!"

"열다섯 살짜리 애를 어머니는 항상 피 말릴 듯 괴롭혔어요! 밤에는 열한 시까지 다림질을 시켰고, 새벽 네 시 반부터 일어나 일을 시작해야 했죠. 입에 넣을 건 항상 모자랐고요. 그래서 테클라는 떠났죠……. 기억나세요?"

"그래, 그 애는 도둑질을 했어!"

"도망가려고요! 그때 저는 여섯 살이었는데도 모두 다 기억이 나요. 아버지가 그때 집에 오셔서 말씀하셨죠. 그 불쌍한 애가 잡혀서 감화원에 가게 되었다고요. 다 어머니 때문이에요, 다!"

"나 때문이라고?!"

"아버지도 그렇게 말씀하셨어요!"

"아버지, 아버지! 그 양반이 잘도 말했겠지!"

"아버지는 한 번도 거짓말을 한 적이 없어요! 어머니와 아버지는 그때 지독하게 싸웠고, 아버지는 집에서 주무시지 않았어요, 기억나세요? 에바도 바로 테클라 같은, 그런 애예요. 똑같아요! 맞아요, 어머니, 어머니가 이제 싫어요!"

재판정은 아주 고요해졌다.

그러자 법원장이 말한다. "Z 교수 부인, 고맙습니다."

보관함

이제 내 차례다.

벌써 네 시 사십오 분이다.

나는 증인 선서를 한다.

양심에 따라 진실을 말하고 그 어떤 것도 숨기지 않겠다고 신 앞에 맹세한다.

그래, 그 어떤 것도 숨기지 않겠다.

내가 선서하는 동안, 재판정이 동요한다.

뭐지?

뒤를 돌아보니 에바가 보인다.

여자 교도관이 에바를 데려왔고, 에바는 증인석에 앉는다.

저 아이의 눈이 보고 싶다는 생각이 스쳤다.

모든 것을 다 말하고 나면 저 애의 눈을 바라보리라.

하지만 지금은 그럴 수 없다.

내 등 뒤에는 그 애가 있고, 내 앞에는 십자가가 있다.

그분의 아들.

나는 Z를 곁눈으로 본다.

Z는 살짝 웃는다.

내 등 뒤의 아이도 웃고 있을까? 나는 법원장의 질문에 답한다. 법원장도 검둥이 건을 가볍게 다루고 넘어간다……. 그렇지, 우리는 서로를 잘 이해한다. 나는 N에 대해 좋은 말을 하고, Z에 대해서도 마찬가지이다. 살인이 일어났을 때 나는 현장에 없었다. 법원장이 내게 가도 좋다고 말하려는데, 내가 그의 말을 잘랐다. "사소한 것 하나가 더 있습니다, 법원장님!"

"말씀하세요!"

"그 보관함, Z가 일기를 보관하던 상자를 연 것은 N이 아닙니다."

"N이 아니라고요? 그럼 누구죠?"

"접니다. 제가 철사로 그 상자를 열었습니다."

이 말의 효과는 컸다.

법원장은 들고 있던 연필을 떨어뜨렸고, 변호인은 벌떡 일어났으며 Z는 입을 벌린 채로 나를 바라보았고, 그의 어머니는 탄식하고, 제빵 기능장은 얼굴이 밀가루처럼 창백해지더니, 가슴을 움켜쥐었다.

그리고 에바는?

그건 모르겠다.

다만 나는 등 뒤로 긴장 가득한 동요를 느낄 뿐이었다.

낮은 목소리의 속삭임과 웅얼거림이 들린다.

검사는 최면에 걸린 듯 일어서서 손가락으로 천천히 나를 가리키고 말끝을 길게 끌며 묻는다. "선생님이요?!"

"네."라고 말하는데, 그런 나의 침착함이 의아하다. 기분 좋게 마음이 가볍다.

그러고는 이제 모든 것을 다 말한다.

내가 왜 상자를 열었는지, 그 사실을 왜 Z에게 바로 말하지 않았는지. 수치스러워 그랬지만, 또한 비겁했기 때문이라고도 말한다.

나는 모든 것을 털어놓는다.

내가 왜 일기를 읽었는지, 그리고 그 후로 왜 법에 따라 판단해 움직이지 않았는지. 신의 계산대로 되도록 내버려 두지 않으려고 한 짓이라고. 절대로 그렇게 되도록 내버려 두지 않으려고. 그리고 나는 다른 계획을 세웠기 때문이라고. 그렇다, 나는 바보였다. 검사가 무언가를 적기 시작했지만, 나는 신경 쓰지 않는다.

다, 뭐든지 다!

다 털어놓아 버려!

아담과 에바에 대해서, 그 어두운 구름과 달 속의 남자에 대해서도!

내 이야기가 끝나자, 검사가 일어선다.

"증인은 아주 흥미로운 진술을 하고 있지만, 분명히 짚고 넘어가는데, 이 진술의 파장이 없을 것이라고 착각하지 마세요. 본 검찰은 공무 방해와 절도 비호로 증인에 대한 기소 여지를 남겨두겠습니다."

"그렇게 하시지요," 나는 고개를 조금 앞으로 숙이며 말한다. “저는 아무것도 숨기지 않겠다고 맹세했으니까요.”

이때 제빵 기능장이 고함을 친다. “저 사람 때문이에요, 내 아들! 저 사람 때문이에요!” 그는 심장발작을 일으켜 바로 밖으로 이송된다. 그의 아내는 위협하듯 팔을 들어 올리며 말한다. “두려운 줄 아세요!” 내게 소리 지른다. “하느님 앞에서 두려운 줄 알라고요.”

아니, 나는 하느님 앞에서 더 이상 두렵지 않다.

주변의 모두가 나를 혐오하는 것을 느낀다. 오직 두 눈동자만이 나를 혐오하지 않는다.

두 눈은 나를 가만히 바라본다.

내 고향 숲의 깊은 호수처럼 고요하게.

에바, 너는 벌써 가을이 되었니?

낙원에서 추방되다

에바에게는 선서를 시키지 않는다.

"이것을 알아보겠니?" 법원장이 나침반을 들어 올리며 묻는다.

"네,"라고 에바가 대답한다. "방향을 가리키는 물건이지요."

"이게 누구 것인지 알고 있니?"

"제 건 아니지만, 알 수는 있을 것 같아요."

"거짓말은 안 된다!"

"거짓말 아니에요. 저도 저 선생님처럼 진실을 말하고 싶어요."

나처럼?

검사는 비웃는다.

변호인은 그 애에게서 눈을 떼지 않는다.

"그럼 말해 보렴!" 법원장이 말한다.

그리고 에바는 말하기 시작한다.

"Z가 우리 동굴 근처로 와서 만나고 있었는데, N이 뒤따라 왔어요."

"그러니까 너도 같이 있었구나?"

"네."

"그런데, 왜 이제야 말하는 거지? 예비 조사 때에는 왜 내내 거짓말을 했니? Z가 N을 돌로 내리쳐서 죽게 했을 때 너는 옆에 없었다고 말이다?!"

"Z가 N을 쳐서 죽인 게 아니니까요."

"Z가 아니라고?! 그럼?!"

긴장이 극도로 팽팽해진다. 재판정의 모두가 몸을 앞으로 내민다. 모두 소녀 쪽으로 몸을 향하지만, 소녀는 작아지지 않는다.

Z는 아주 창백하다.

에바는 진술한다. "Z랑 N이 지독하게 몸싸움을 했는데, 힘이 훨씬 더 센 N이 Z를 낭떠러지 쪽으로 밀어버렸어요. 저는 저러다 Z가 죽겠다 싶었고, 게다가 저는 그때 N이 일기도 읽었다고 생각해서, 저에 대해 뭐든지 다 알겠다 싶어서 흥분해서 돌을 하나 집어 들었어요. 그래요, 그 돌이요, 그러고는 N을 뒤쫓아 갔어요. 그 애의 머리를 돌로 내리치려고 했는데 덤불 속에서 갑자기 어떤 낯선 남자애가 나타나서는 제게서 돌을 뺏어 N을 뒤쫓아 갔어요. 그 애가 N에게 가서 둘이 얘기하는 것을 보았어요. 숲속의 공터였어요. 돌은 그 남자애가 계속 들고 있었고요. 그 애들이 돌아올까 봐 무서워서 저는 몸을 숨기고 있었어요. 그런데 그 애들이 돌아오는 게 아니라 다른 쪽으로 가는 거예요, N이 한두 발 정도 앞서 있었어요. 그런데 그 낯선 애가 갑자기 돌을 들어 뒤에서 N의 머리를 내리쳤어요. 쓰러진 N은 꼼짝도 하지 않았고요. 그 애는 N 쪽으로 몸을 구부려 살피더니 앞으로 질질 끌고 갔어요, 해자로요. 제가 다 보고 있다는 것을 그 애는 몰랐어요. 저는 벼랑으로 다시 갔고, Z를 살폈어요. Z는 넘어졌지만 재킷만 찢어지고 다친 데는 없었고, 양손에는 할퀸 자국이 있었고요……."

변호인이 제일 먼저 말문을 연다. "Z에 대한 모든 공소 취소를 신청합니다……."

"잠깐, 변호인." 법원장은 변호인을 멈추게 하고 멍하게 소녀만을 바라보는 Z를 향해 묻는다.

"저 애가 말하는 것이 사실이니?"

"네." Z는 작은 소리로 동의한다.

"그럼 너는 낯선 남자애가 N을 돌로 내리치는 것을 보았니?"

"아니요, 그것은 보지 못했습니다."

"그것 보세요!" 검사는 안심한다는 듯이 숨을 내쉬고서 만족스럽게 의자에 등을 기댄다.

"Z는 제가 돌을 들고서 N을 뒤쫓아 가는 것만 보았어요." 에바가 말한다.

"그러니까 네가 N을 내리친 거지." 변호인은 확인한다.

하지만 소녀는 동요하지 않는다.

"저는 안 그랬어요."

그러고는 가볍게 웃음기가 돈다.

"그건 잠시 뒤에 이야기하기로 하고," 법원장이 묻는다. "내가 듣고 싶은 말은, 그럼 왜 지금까지 숨기고 있다가 이제야 말하는 거니? 너희들이 무죄라면 말이다. 왜 이제 와서?"

둘 다 입을 다문다.

그러더니 소녀가 다시 말하기 시작한다.

"Z는 제가 죽였을 것이라고 생각해서 자기가 뒤집어쓴 거예요. 제가 아닌 다른 사람이 그랬다는 사실을 믿지 않으려 했어요."

"그런데 우리는 너를 믿어야 할까?"

다시 소녀가 미소를 띤다.

"저야 모르지요, 하지만 사실이에요……."

"너는 아무 죄도 없는 Z가 유죄 판결을 받도록 가만히 보고만 있으려고 했니?"

"가만히는 아니었어요, 저도 많이 울었어요, 하지만 감화원에 가게 될 것이 두려웠어요……. 그리고, 그리고 Z가 아니었다고 지금 말씀드리잖아요."

"그런데 왜 이제 와서지?"

"선생님도 진실을 말했으니까요."

"참 이상하군요!" 검사는 히죽거린다.

"그럼 선생님이 진실을 말하지 않았더라면?" 법원장이 재차 묻는다.

"그럼 저도 숨겼을 거예요."

"내 생각에," 변호인이 빈정대면서 말한다. "너는 Z를 사랑하는구나. 진정한 사랑은 아니지만."

사람들이 웃는다.

에바는 눈이 동그래져서 변호인을 바라다본다.

"아니에요," 에바는 작게 말한다. "저는 Z를 사랑하지 않아요."

Z가 벌떡 일어선다.

"그리고 한 번도 그 애를 사랑한 적은 없어요." 조금 더 크게 말하면서 고개를 떨군다.

Z는 천천히 자리에 다시 앉으면서 자신의 오른손을 바라다본다.

Z는 여자애를 보호하려 했는데, 그 애는 Z를 사랑하지 않는단다.

Z는 여자애를 위해 유죄 판결까지 받으려 했는데, 그 애는 Z를 사랑하지 않는단다.

그냥 그랬단다.

Z는 지금 무슨 생각을 하고 있을까?

자신이 과거에 꿈꾸었던 미래?

발명가나 우편 조종사가 되는?

그냥 모든 것이 그랬단다.

이제 Z는 에바를 증오하겠지.

물고기

"그럼," 법원장이 에바의 심문을 계속한다. "네가 이 돌을 들고 N을 쫓아갔다는 말이지?"

"네."

"그리고 N을 돌로 내리쳐 죽이려 했고?"

"하지만 그러진 않았어요."

"그럼?"

"말씀드렸잖아요. 어떤 모르는 애가 와서는 저를 바닥으로 밀치더니, 그 돌을 들고 N을 쫓아갔어요."

"그럼 그 모르는 애는 어떻게 생겼는데?"

"모든 게 너무 빨랐어요. 모르겠어요."

"아하, 아무도 모르는 누군가!" 검사는 조롱한다.

"그 애를 다시 보면 알아볼 수 있겠니?" 법원장은 고삐를 놓지 않는다.

"어쩌면요. 기억하는 거라고는 눈이 흐리고 둥그렜다는 것뿐이에요. 물고기처럼요."

그 말에 나는 한 대 세게 얻어맞은 것 같았다.

나는 벌떡 일어나 외친다. "물고기?!"

"뭡니까?" 법원장이 의아해서 묻는다.

모두 놀란다.

그래, 대체 내가 왜 이러지?

나는 번쩍번쩍 빛나던 해골을 떠올린다.

차가운 시절이 온다고 말하던 율리우스 카이사르의 목소리가 들린다. 물고기의 시대라고 말하던. 그때가 되면 인간의 영혼은 물고기의 눈처럼 움직임 없이 굳어 버릴 것이라던.

흐리고 둥그런 두 눈이 나를 응시한다. 빛나지도 않고, 반짝임도 없이.

T다. 덮지 않은 무덤가에 T가 서 있다.

T는 텐트 야영장에도 있고, 우월함과 비웃음이 섞인 보일 듯 말 듯한 웃음을 짓는다.

내가 상자를 열어 망가뜨린 것을 그 애는 이미 알고 있었던 걸까?

일기장도 알고 있었나?

염탐했을까?

Z과 N의 뒤를 몰래 쫓았던 걸까?

그 애의 웃음은 이상하리만치 굳어 있었다.

나는 미동도 하지 않는다.

그리고 법원장이 다시 내게 묻는다. "무슨 일입니까?"

T가 떠올랐다는 말을 해야 할까?

쓸데없는 짓이다!

동기가 전혀 없다.

그래서 나는 말한다. "죄송합니다, 법원장님, 제가 좀 긴장했나 봅니다."

"이해됩니다!" 검사는 비죽이며 웃는다.

나는 재판정을 빠져나온다.

법정은 Z에게는 무죄를, 소녀에게는 유죄 판결을 내릴 것이다. 나는 모든 일이 정리되리라는 것도 안다.

내일이나 모레면 나를 조사하겠지. 공무집행 방해와 절도 비호로.

그리고 나를 교직에서 정직시킬 것이다.

빵을 잃을 것이다.

그렇다고 고통스럽지는 않다.

뭘 해서 먹고살지?

이상하군, 전혀 걱정되지 않아.

율리우스 카이사르를 만났던 술집이 생각난다.

그 집 비싸지 않았잖아.

아니야, 취하지 않으련다.

집으로 가 다리를 뻗고 눕는다.

나는 더 이상 내 방이 두렵지 않다.

하느님이 이제 나와도 함께 사는 것일까?

미끼를 물지 않는다

그렇군, 벌써 조간 신문에 실렸어!

Z는 공무집행 방해와 절도 비호에 대한 정상참작으로 감형되어 단기 자유형 선고를 받았지만, 검찰은 소녀를 기만적 살인 범죄 행위로 기소하였다.

새 재판은 삼 개월쯤 뒤에 열릴 것이다.

타락한 피조물은 계속 강력하게 자신의 무죄를 주장하고 있으나, 그 외침을 믿어 주는 사람이 주위에 아무도 없었다고 법정 통신원은 쓰고 있다. '한 번 거짓말을 한 사람은 알다시피 다시 거짓말을 하지 않는가!'라며 그 애가 재판의 마지막에 여교도관을 밀치고 Z에게 다가가 단 한 번도 사랑하지 않았던 것을 사죄하였지만, 피고 Z조차도 그 아이의 손을 더 이상 잡지 않았다고 썼다.

아하, Z는 벌써 그 애를 증오하는구나!

이제 그 애는 완전히 혼자다.

여전히 외치고 있을까?

부르짖지 말아라, 나는 너를 믿는단다.

기다려라, 내가 그 물고기를 잡을 테니.

하지만 어떻게?

물고기와 얘기해 봐야겠다, 가능하면 당장이라도!

아침에 우편으로 교육감독청의 서신을 받았다. 조사가 이루어지는 동안 김나지움에 발을 들여서는 안 된다는 내용이었다.

내 죄가 명백하다고 판결할 테니 나는 앞으로 학교에 발을 들일 수 없겠지. 정상참작도 인정하지 않을 테고.

하지만 이제 그런 것은 상관없다!

그 애의 외침을 듣지 않으려면 나는 물고기를 잡아야 한다.

아침을 가져다주는 여주인이 나를 꺼린다. 신문에서 내 진술을 읽은 모양인데, 종이의 숲이 부스럭거린다. 기자들은 이렇게 쓴다. "교사가 절도 동조." ……게다가 어떤 기자는 내가 정신적 살인자라고까지 쓴다.

누구도 내 편을 들지 않는다.

어젯밤 악마가 데리고 가지 않았다면, 제빵 기능장 N에게는 좋은 시절이겠군……!

점심때 나는 발을 들여서는 안 되는 김나지움의 근처에서 수업이 끝나기를 기다린다.

드디어 학생들이 학교에서 나온다.

그리고 몇몇 교사들도.

그들을 나를 보지 못한다.

그러고는 T가 나온다.

T는 혼자이고, 오른쪽 길목으로 들어선다.

나는 그 아이를 향해 천천히 다가간다.

T는 나를 보더니 잠시 멈칫한다.

그러더니 인사를 하고 웃는다.

“잘 만났구나.” 나는 말을 건다. “너하고 할 얘기가 좀 있거든.”

“그러세요.” T는 고개를 숙이며 정중하게 인사한다.

“여기 길가는 너무 시끄러우니, 제과점으로 가자! 아이스크림을 사 주마!”

“감사합니다.”

우리는 제과점에 자리를 잡는다.

물고기는 딸기와 레몬 맛 아이스크림을 주문한다.

아이스크림을 숟가락으로 떠먹는다.

너는 먹으면서도 웃는구나.

나는 문득 말을 건넨다. “지난번 살인 재판에 대해 이야기를 좀 하려고.”

그는 계속 침착하게 숟가락으로 떠먹는다.

“맛있니?”

“네.”

우리는 침묵한다.

“있잖아.” 나는 다시 묻는다. “네 생각에는 그 여자애가 N을 살해한 것 같니?”

“네.”

“그러니까 어떤 낯선 남자애가 한 짓이라는 말을 안 믿는구나?”

“네, 안 믿어요. 여자애가 빠져나오려고 거짓말로 그냥 꾸며

낸 이야기잖아요."

우리는 다시 침묵한다.

T는 아이스크림을 떠먹다가 문득 멈추더니 나를 의심스럽게 바라본다. "그런데, 저한테 뭘 원하세요, 선생님?"

"나는 말이다." 천천히 말을 하면서 그 아이의 둥그런 눈을 살핀다. "어쩌면 네가 알 것 같거든, 그 모르는 남자애가 누군지."

"왜요?"

과감히 거짓말을 해 본다. "네가 항상 염탐한다는 것을 아니까."

"네." 그 애는 침착하게 말한다. "이것저것을 관찰하긴 했지요."

이제 그 애는 다시 웃는다.

이 애는 내가 상자를 열었던 것을 알았던 걸까?

그리고 나는 묻는다. "너는 그 일기를 읽었니?"

나를 응시한다. "아니요, 하지만 저는 선생님을 관찰했지요. 선생님께서 숨어서 Z와 그 여자애를 몰래 구경하시던 것을요."

나는 오싹해진다.

이 아이는 나를 살핀다.

"선생님 손이 그때 제 얼굴에 닿았어요. 제가 선생님 뒤에서 있었거든요. 선생님은 깜짝 놀라셨지만, 저는 하나도 무섭지 않았어요, 선생님."

그는 다시 침착하게 아이스크림을 떠먹는다.

문득 내가 당황하는 모습에 이 아이가 전혀 신나 하지 않는다는 느낌이 들었다. 숨어서 몰래 살피며 기록이라도 하려는 듯이 나를 힐끗힐끗 보기만 한다.

이상하다, 나는 사냥꾼을 떠올린다.

차갑게 목표를 겨누고 있다가 명중시킬 수 있을 때 총을 쏘는 그런 사냥꾼 말이다.

그러면서도 어떤 기쁨도 느끼지는 못하는 그런 사냥꾼.

그렇다면 대체 왜 사냥을 하지?

왜, 왜일까?

"너는 N이랑 잘 지냈니?"

"네, 아주 잘 지냈지요."

그런데 그 애를 왜 죽였어? 왜지, 왜야?! 하고 얼마나 묻고 싶은지.

"선생님의 질문이," T가 문득 말한다. "꼭 제가 N을 죽인 것처럼 말씀하시네요. 제가 그 낯 모를 남자애인 것처럼요. 하지만 저는 그 애가 어떻게 생겼는지도 모르고요, 그리고 그런 애가 있었는지조차 아무도 모른다는 걸 선생님께서도 잘 아시잖아요. 그 여자애도 아는 것이라고는 그 애가 물고기 눈을 가졌다는 것뿐이고요……."

너는? 하는 생각이 든다.

"그리고 제 눈은 물고기 눈이 아니라, 투명한 노루 눈이라고 저희 엄마는 말씀하세요, 다른 사람도 모두 그렇게 말하고요. 왜 웃으세요, 선생님? 저보다 선생님 눈이 더 물고기 눈 같아요……."

"내가?!"

"학교에서 선생님 별명이 뭔지 모르세요? 한 번도 들어본

적 없으세요? 선생님은 물고기라고 불려요."

그는 웃으며 고개를 끄덕인다.

"네, 선생님, 선생님 얼굴은 항상 굳어 있잖아요. 선생님께서 무슨 생각을 하시는지, 아니면 우리를 신경이나 쓰시는지도 전혀 알 수가 없거든요. 선생님께서는 관찰만 하시잖아요. 우리는 그래서, 길에서 누군가 차에 치여도 선생님은 그 치인 사람이 어떻게 누워 있는지 바라보기만 할 거라고 얘기해요, 정확히 알기 위해서 말이죠. 차에 치인 사람이 죽어도 아무런 감정도 느끼지 못할 거라고요."

그는 쓸데없이 너무 많은 것을 이야기했다는 듯이 급히 멈추더니 놀란 눈으로 나를 살폈지만, 그 역시 아주 짧은 순간일 뿐이었다.

왜지?

아하, 낚싯바늘을 입에 넣었구나, 하지만 너는 생각을 다잡았겠지.

아가리를 닫아 미끼를 물려 했는데, 낚싯줄인 줄 알아챈 거야.

그래서 너는 이제 다시 너의 바다로 향하는구나.

네가 아직 잡힌 건 아니지만, 너를 드러낸 거지.

기다려라, 내가 너를 잡는다!

T는 일어선다. "이제 가야 해요. 식사 시간이라서, 너무 늦으면 꾸지람 들어요." 아이스크림에 대해 감사 인사를 하고는 간다.

그 애의 뒷모습을 보는데, 소녀의 외침이 들린다.

깃발

다음 날 아침 눈을 떴다. 지난밤에 꿈을 많이 꾸긴 했는데, 다만 어떤 꿈인지는 기억나지 않았다.

휴일이었다.

평민총대장의 탄신축일이었다.

도시에는 깃발과 현수막이 가득 걸렸다.

사라진 조종사를 찾던 여자아이들과 검둥이들 모두를 죽게 내버려 두는 남자아이들이 거리에서 행군하고, 거짓을 믿는 부모들과 구호가 쓰인 현수막 쪽에 선 부모들이 행군한다. 구호를 믿지 않는 자들도 같이 행군한다. 표정 없는 인간들이 멍청한 지휘관들 아래서 사단을 이루어 행군한다. 발맞춰 행군한다.

존재하지도 않는 적을 노래하고, 집에 남은 오물을 먹어야만 하는 흑갈색 머리의 여자애들을 노래하고, 가스에 질식하는 군인을 노래하며, 영웅의 무덤에서 지저귀는 새를 그들은 노래한다.

그렇게 정신지체자들과 거짓말쟁이들은 평민총대장의 탄신을 칭송한다.

그런 생각을 하던 중에 내 방 창가에서도 작은 깃발 하나가 펄럭인다는 사실에 일종의 만족감을 확인한다.

나는 어제저녁에 벌써 깃발을 내걸었다.

범죄자와 바보를 상대하려면 범죄자와 바보처럼 행동해야 하고, 그렇지 않으면 끝장이다. 모조리.

이제 더는 집이 없는 자도 제집에 깃발을 꽂아야 한다.

개성이 더는 허용되지 않고 무조건적 복종만 가능하면 진실은 가고 거짓이 온다.

거짓, 모든 죄의 어머니여!

깃발을 내걸어라!

죽음이 아닌 빵을……!

이런 생각을 하다가 내가 대체 뭘 하고 있는 거지라고 문득 생각했다. 교직에서 정직된 것도 잊었니? 위증하는 대신 네가 그 보관함을 열었다고 증언해 버렸잖아. 그러니 이제 너는 깃발을 내걸고, 평민총대장을 섬기면서, 먼지와 똥 앞에서 기어가며 거짓말을 해, 할 수 있는 한……! 그래도 상황은 변하지 않아. 빵을 잃었잖아!

더 높은 분과 이미 말을 나누었다는 것을 잊지 말아야지!

너는 이전과 같은 집에 살고 있지만, 이제는 더 높은 층에 있는 거야.

다른 층, 다른 집에. 네 방이 더 작아진 것을 모르겠어? 가구도, 옷장도 그리고 거울도……. 거울 속 네 모습이 보이잖아? 거울은 여전히 충분히 크니까 말이야……. 그렇지, 그렇지! 너도 넥타이가 단정하기를 원하는 뭐 그런 인간일 뿐이잖아. 하지만, 창밖을 봐!

이제 그 모든 것이 얼마나 멀어졌는지! 저 높은 분들이 갑자기 얼마나 초라해졌는지. 그 부유한 평민들이 얼마나 불쌍해졌는지 말이야, 얼마나 우스운지!

저 깃발의 색이 얼마나 바랬는지!

현수막이 아직도 보이니?

안 보여.

라디오는 여전히 들려?

거의 안 들려.

그 여자아이, 라디오 소리를 압도하기 위해 더 이상 크게 외치지 않아도 돼.

그리고 그 아이는 더 이상 외치지도 않아.

다만 조용히 울고 있을 뿐이야.

그런데 그 울음소리가 다른 모든 소리를 압도하고 있어.

다섯 명 중 한 명

이를 닦고 있는데, 여주인이 온다.

"학생 한 명이 밖에 와 있네요, 선생님과 이야기하고 싶다고요."

"잠시만요!"

여주인은 나가고, 나는 가운을 입는다.

학생이라고? 무엇 때문이지?

나는 T인가 한다.

가운은 성탄절에 받았다. 부모님께. 늘 말씀하셨지. "네가 가운 없이 어떻게 사니!"

초록과 연보라 색이다.

부모님은 색감이 없다.

노크 소리가 들린다.

"들어오세요!"

학생이 들어오고, 고개 숙여 인사한다.

그 애를 바로 알아보지는 못한다…… 아 맞다…… B구나!

학급에 B 성을 가진 학생이 다섯인데, 그중에 이 B는 제일 눈에 띄지 않았다. 뭘 원하는 거지? 어떻게 밖에서 같이 행군하지 않는 거지?

"선생님," 말을 꺼낸다. "정말 중요한 일인지 오랫동안 고민해 보았는데…… 말씀드려야 할 것 같아서요."

"뭐지?"

"계속 신경이 쓰이더라고요. 나침반 말이에요."

"나침반?"

"네, 신문에서 읽었는데, N이 죽었을 때 나침반이 하나 발견되었는데, 누구 건지 아무도 모른다고요……."

"그런데?"

"나침반을 누가 잃어버렸는지 저는 알아요."

"누군데?"

"T요."

T라고?! 정신이 번쩍 든다.

다시 내 쪽으로 헤엄쳐 오고 있는 거냐?

깊고 어두운 물속에서 대가리를 내밀어라……. 저 어망이 보이느냐?

헤엄쳐 온다, 헤엄쳐 온다…….

"나침반이 T 것인지는 어떻게 아는데?" B에게 물으며 나는 신경 쓰지 않는 것처럼 보이려 애를 쓴다.

"T가 여기저기 계속 찾아다녔거든요, 저희는 같은 텐트였어요."

"그러니까 T가 살인하고 어떤 관계가 있다는 말을 하는 건 아니지?"

B는 말없이 구석을 바라본다.

그래, 그 말을 하려는 거야.

"T가 그럴 수 있을 거라고 생각하니?"

B는 눈을 동그랗게 뜨고 놀란 듯 나를 바라본다. "저는 누구나 뭐든 할 수 있다고 생각해요."

"하지만, 살인은 아니지!"

"왜 아닌가요?"

그 애는 웃는다……. 하지만 아니, 비웃음은 아니다. 되려 슬프다.

"그렇지만 뭐하러 N을 살해하려 했겠어, 왜? 동기가 전혀 없잖아!"

"T는 항상 N이 아주 멍청하다고 했어요."

"그렇다고 그게 이유는 아니지!"

"그건 그렇죠. 하지만 선생님, T는 끔찍할 만큼 지식욕이 강해요. 언제나 무엇이든지 실제가 어떤지 항상 정확히 알려고 들어요. 한번은 저한테 그런 말을 한 적도 있어요. 사람이 어떻게 죽는지 봤으면 좋겠다고요."

"뭐라고?!"

"네, 보고 싶다고 했어요. 어떻게 되는지……. 아이가 세상에 나오는 모습도 구경하고 싶다면서 계속 상상하기도 했고요."

나는 창문 쪽으로 다가간다, 지금은 아무 말도 할 수 없다.

밖에선 사람들이 여전히 행군 중이다. 부모와 아이들이.

그리고 문득 B는 왜 여기 나와 함께 있지라는 생각이 들었다.

"너는 왜 같이 행군하지 않니?" B에게 묻는다. "의무잖아!"

B는 씩 웃는다. "아프다고 했어요."

눈길이 서로 마주친다. 서로를 이해하고 있는 것인가?

"네 비밀을 알리지 않으마." 나는 말한다.

"저도 알아요." 대답한다.

네가 뭘 알아? 하는 생각이 든다.

"저는 더 이상 행군도 싫고요, 이래라저래라 명령 듣는 것도 더는 못 참겠어요. 자기가 두 살쯤 더 많다고 생각하면 아무나 명령조로 소리를 질러요! 진부한 연설에다, 항상 똑같은 헛소리를 못 참겠어요!"

나는 웃음이 났다.

"바라건대, 반에서 그런 생각을 하는 건 네가 유일했으면 좋겠구나!"

"아니에요, 벌써 네 명인걸요!"

네 명이나? 벌써?

그런데 언제부터?

"기억나세요, 선생님, 그때 선생님께서 검둥이에 대해서 말씀하셨던 거요? 봄에 야영장 가기 전이었어요. 그때 선생님을 원하지 않는다고 우리 모두 서명을 하긴 했지만…… 저는 그때 압력 때문에 그랬던 거예요. 검둥이에 대해 하신 말씀은 당연히 옳았으니까요. 그 뒤로 저와 같은 생각을 하는 반 친구 세 명을 알게 되었지요."

"그 세 명이 누구인데?"

"그건 말씀드릴 수 없어요. 우리 규정상 금지거든요."

"규정?"

"네, 저희는 클럽을 하나 만들었어요. 두 명이 더 추가되었고요. 그 둘은 학생은 아니고, 한 명은 제빵 도제이고 다른 한 명은 심부름을 해요."

"클럽을?"

"일주일에 한 번씩 만나 금서란 금서는 다 읽어요."

"아하!"

율리우스 카이사르가 뭐라고 했더라?

애들은 비밀리에 뭐든지 읽지만, 조롱하기 위해서라고 했던가?

그들은 경멸을 이상으로 삼고, 차가운 시간이 다가온다고 했지.

나는 B에게 묻는다.

"클럽에서 모여 앉아 무엇이든 간에 다 비웃는 건가?"

"어, 경멸은 규정 제3조에 의해 엄격하게 금지랍니다. 물론, 뭐든지 경멸하는 T 같은 아이들도 있지만 저희는 달라요. 우리는 같이 모여 읽은 것에 대해 뭐든지 다 이야기를 나누어요."

"그러고는?"

"그러고는 계속 이야기를 하지요, 세상이 어때야 하는지에 대해서요."

나는 귀를 기울인다. 어때야 하는지라고?

나는 B를 살펴본다, 그러자 Z가 떠오른다.

Z는 법원장에게 말한다. "선생님께서는 세상이 실제 어떤지에 대해서는 아무 말씀도 안 하시면서, 항상 세상이 어때야 하

는지에 대해서만 말씀하세요."

그리고 나는 T를 본다.

에바가 재판에서 뭐라고 이야기했더라?

"N이 쓰러졌어요. 그 낯선 남자애는 N 쪽으로 몸을 굽히고는 그 애를 자세히 살폈어요. 그러고 나서 그 애는 N을 해자로 끌고 갔어요."

그리고 좀 전에 B가 뭐라고 말했지?

"T는 항상 실제가 어떠한지 정확히 알려고 해요."

왜지?

뭐든지 비웃으려고?

그래, 차가운 시절이 오고 있다…….

"선생님께는," 다시 B의 목소리가 들린다, "뭐든지 말씀드릴 수 있을 것 같았어요. 의심이 가는데 어떻게 해야 하는지 여쭤보고 싶어서 오늘 뵈러 왔고요."

"왜 하필 나지?"

"어제 클럽에서 다 같이 선생님의 기사를 읽었어요. 상자를 열었다고 말씀하신 증언이요. 선생님은 진실을 사랑하는, 우리가 아는 유일한 어른이라고 모두가 그렇게 말했어요."

클럽이 개입하다

오늘 나는 B와 함께 담당 예심 판사에게 간다. 어제는 국경일로 집무실도 문을 닫았다.

예심 판사에게 그 나침반이 누구의 것이었는지 B가 알 수도 있다고 이야기하는데, 나침반 문제는 벌써 해결이 되었다며 판사가 정중하게 내 말을 끊었다. 나침반은 야영장 근처 마을 시장의 것이었는데, 도난을 당했던 것이 분명히 확인되었다는 것이다. 아마도 소녀가 시장의 나침반을 훔쳤거나, 설령 그 애가 아니어도 같은 잔당 중 한 명이 훔쳤을 수도 있고, 아니면 그전에 훔쳤거나 해서, 또 어쩌면 시장이 그전 언젠가 나중에 범죄가 일어난 그 현장을 우연히 지나다 도난을 당했던가, 어찌 되었든 범죄 현장은 도적단의 동굴에서 멀지 않았으니 말이다. 나침반은 더 이상 아무런 의미가 없다는 것이다.

인사를 하고 다시 나오는데 B가 실망한 기색이다.

나침반이 더 이상 아무런 의미가 없다고? 나는 생각해 본다. 흠, 그 나침반이 없었더라면 B가 내게 올 일은 절대 없었겠지.

내 생각이 예전과 달라졌다는 것을 깨닫는다.

나는 이제 어디에서나 연관성을 기대한다.

모든 것에는 의미가 있다.

이해되지 않는 어떤 법칙을 나는 감지한다.

계단에서 우리는 변호인을 우연히 마주친다.

변호사가 반갑게 인사한다.

"그렇지 않아도 선생님께 감사 편지를 보내려고 했습니다." 변호사가 말한다. "선생님께서 그렇게 단호하고 대담하게 진술하지 않으셨더라면, 이 비극을 밝혀내지 못했을 겁니다!"

Z는 사랑의 열병에서 완전히 치유되었고, 여자애는 히스테리성 발작으로 지금은 감옥 병원에 있다고 변호사가 간단히 말해 주었다.

"가엾은 것!"이라고 성급히 덧붙이더니 변호사는 또 다른 비극을 밝히러 서둘러 가 버린다.

나는 그의 뒷모습을 바라본다.

"그 애가 불쌍해요." 어느새 B의 목소리가 들린다.

"나도 그렇단다."

우리는 계단을 내려간다.

"그 애를 도와야 하는데." B가 말한다.

"그래."라고 말하며 나는 그 애의 눈을 떠올린다.

그리고 내 고향 숲속의 고요한 호수를 떠올린다. 그 애는 병원에 있구나.

그리고 지금도 구름이 그 애 위로 흘러간다, 은테를 두른 구름들이.

진실을 말하기 전에 그 애가 나를 보고 고개를 끄덕이지 않았던가?

그리고 T가 뭐라고 했더라? 여자애가 살인자고, 다만 빠져나오려고 거짓말을 하는 것이라고 했던가…….

나는 T를 증오한다.

갑자기 나는 멈춰 선다.

"정말 그래?" 나는 B에게 묻는다. "너희끼리 부르는 내 별명이 물고기니?"

"아니에요! T만 그렇게 이야기하지요. 선생님 별명은 아주 다른 거예요!"

"뭔데?"

"검둥이요."

그 애가 웃고 나도 같이 웃는다.

우리는 계속 계단을 내려간다.

갑자기 B가 다시 진지해진다.

"선생님," 말을 잇는다. "없어진 나침반이 T 것이 아니었다지만, 그 애가 범인이 아니라고 믿으세요?"

나는 다시 멈춘다.

뭐라고 말해야 하나?

그럴 수도, 어쩌면, 상황에 따라서……라고 이야기할까?

하지만 나는 이렇게 말한다. "그래, 나도 그 애가 그랬다고 믿어."

B의 눈이 반짝인다.

"T가 그런 거예요." 신이 나서 소리친다. "그리고 우리가 그 애를 잡을 거예요!"

"그랬으면 좋겠다!"

"우리 클럽에서 그 여자애를 돕는 결정을 내리도록 제가 밀어붙여 볼게요. 규정 제7조에 따르면 우리 클럽은 책 읽기만이 아니라 책에서 읽은 대로 살기 위해서 존재하거든요."

그리고 나는 그 애에게 묻는다. "너희 클럽의 모토는 뭐니?"

"진실과 정의를 위하여!"

B는 일할 생각에 열의에 차서 정신이 없다.

클럽에서 T를 주시할 것이다. 일거수일투족, 그리고 밤낮으로. 그리고 내게 매일 보고도 할 것이다.

"좋구나."라고 말하면서 나는 웃을 수밖에 없다.

나도 어렸을 때 인디언 놀이를 했으니까.

하지만 오늘의 원시림은 완전히 다르다.

오늘날 원시림은 이곳에 실재한다.

편지 두 통

다음 날 아침 놀란 부모님이 쓰신 편지를 받았다. 내가 직장을 잃어 어쩔 줄 몰라 하신다. 보관함에 대한 쓸데없는 증언을 할 때 부모님을 생각해 보기는 했냐고, 그리고 그 이야기를 왜 굳이 했냐고.

그럼요, 저도 두 분 생각을 했지요, 부모님 생각도 했어요.

진정하세요. 우리, 굶어 죽지는 않을 테니까요!

"밤새 잠을 못 잤단다."라고 어머니가 쓰신다. "그리고 너에 대해 생각해 보았지."

그러세요?

"대체 우리가 어쨌길래 그랬던 거니?" 공장관리 기능장으로 퇴직한 아버지가 묻는다. 나는 지금 하느님을 떠올릴 수밖에 없다.

아직도 하느님은 부모님과 함께하시지 않나 보다. 두 분이 매주 일요일마다 교회에 가시는데도 말이다.

앉아서 부모님께 편지를 쓴다.

"사랑하는 부모님! 걱정하지 마세요. 하느님께서 도와주실 겁니다…….”

나는 문득 멈춘다. 왜?

부모님은 내가 신을 안 믿는 것을 안다. 그런데 이것 봐, 얘가 어려우니 이제 하느님을 입에 올리잖아라고 생각할 것이다!

하지만 누구도 그렇게 생각해서는 안 되지!

그래, 수치스러워.

나는 편지를 찢는다.

그래, 나는 여전히 당당해!

그리고 온종일 편지 쓰기를 시도한다.

하지만 끝내지 못한다.

계속 편지를 시작했다가도 '신'이라는 단어를 차마 적지 못한다.

저녁이 되니 이 집에 대한 두려움이 문득 다시 찾아왔다.

집이 공허하다.

나는 밖으로 나간다.

극장으로?

아니지.

비싸지 않던 그 술집으로 간다.

그곳에서 율리우스 카이사르를 만난다. 그의 단골집이다.

나를 보고 정말 반가워한다.

"보관함에 대해 증언한 것은 정말 잘한 일이에요. 아주 훌륭합니다! 나라면 아무 말도 안 했을 겁니다. 존경스럽습니다, 존경스러워요!"

우리는 술을 마시며 재판에 대해 이야기를 나눈다.

나는 물고기에 대해 말한다.

카이사르는 귀 기울여 내 말을 듣는다.

"물론 물고기가 그 애겠지요," 잠시 웃으며 말한다. "도울 일이 있으면 물고기를 잡는 일을 기꺼이 도울게요. 나도 인맥이 좀 있으니……."

그렇지, 분명히 있지.

우리의 대화는 자주 끊겼다. 사람들이 율리우스 카이사르에게 존경을 담아 인사하고, 많은 이들이 와서 그에게 조언을 구한다, 현명하고 아는 것이 많은 카이사르에게.

모든 것은 다 잡초다.

카이사르여, 곧 죽음을 앞둔 자들이 경례합니다!

그리고 내 안에서 타락에 대한 갈망이 깨어난다. 아, 반짝이는 해골 넥타이핀을 가지고 싶다!

"편지 조심해요!" 카이사르가 나를 향해 크게 말한다. "주머니에서 떨어지겠어요!"

아, 편지!

카이사르는 어떤 아가씨에게 공공 미풍양속에 관한 법률의 새 조항을 알려 주는 중이다. 나는 에바를 떠올린다.

저 아가씨 나이쯤 되면 에바는 어떤 모습일까?

누가 그 애를 도울 수 있을까?

나는 다른 테이블로 가 부모님께 편지를 쓴다.

"걱정하지 마세요. 하느님께서 도와주시겠지요!" 그러고는 나는 편지를 다시 찢지 않는다.

내가 편지를 쓰는 이유가 단지 술에 취했기 때문인 걸까?

상관없다!

가을

다음 날 여주인이 어느 심부름꾼이 주고 갔다며 편지 봉투를 하나 건넨다.

파란색 편지 봉투를 뜯어 열고는 웃지 않을 수 없었다.

제목은 이렇다.

"클럽 제1신."

그리고 내용은 이렇다.

"특이사항 없음."

그래, 그렇지, 성실한 클럽이다! 진실과 정의를 위해 싸우지만 특이사항은 발견하지 못하는구나!

나 또한 특이사항 없음이다.

그 애가 유죄 판결을 받지 않으려면 무엇을 해야 할까?

언제나 그 아이 생각을 한다.

내가 사랑하는 걸까, 그 애를?

모르겠다.

다만 그 애를 돕고 싶다는 것은 안다.

내겐 여자들이 많았다. 나는 성인도 아니고, 여자들 또한 성인이 아니다.

이제 내 사랑의 방식은 변했다.

더 이상 젊지 않아서?

내 나이 때문인가?

말도 안 돼! 아직은 여름이지 않은가.

매일 파란 봉투를 받는다. 2신, 3신, 4신의 클럽 보고.

계속 특이사항 없음이다.

그리고 시간이 지난다.

사과는 이미 익었고, 밤에는 안개가 내린다.

가축은 집으로 돌아가고, 들판은 허하다.

그렇다, 아직은 여름이지만 벌써 눈을 기다린다.

그 애가 추위에 떨지 않게 도와주고 싶다.

외투와 신발 그리고 속옷을 사 주고 싶다.

그 애가 내 앞에서 옷을 벗을 필요는 없다.

나는 단지 눈이 와도 되는지 알고 싶을 뿐이다.

아직은 모두 초록이다.

그 애가 내 옆에 있어야 하는 것도 아니다.

잘 지내기만 한다면.

방문객

오늘 오전에 손님이 찾아왔다. 누구인지 바로 알아보지 못했는데, 전에 나와 인류의 이상에 대해 논하던 신부였다.

방에 들어온 신부는 평상복을 입고 있었는데, 짙은 회색에 푸른색 재킷 차림이었다. 나는 잠시 주춤한다. 도망쳐 나온 건가?

"의아하겠지요," 신부는 웃음 짓는다. "평상복을 입고 있으니까요. 하지만 특별한 업무를 맡아서 주로 평상복을 입는답니다. 짧게 말하지요. 내 형기는 이제 끝났습니다. 이제 선생님 이야기를 해 볼까요! 신문에서 선생님의 용감한 진술을 읽었습니다. 더 빨리 찾아오고 싶었지만 선생님 주소를 알아내는 데 시간이 걸리더군요. 그런데, 선생님은 많이 변했군요. 이유는 모르겠지만 뭔가 달라졌습니다. 그래요, 훨씬 더 생기 있어 보여요!"

"생기요?"

"네. 보관함에 대해 얘기하기를 잘한 거지요, 기뻐해야 할 겁니다. 세상의 절반이 선생을 욕해도 말입니다. 선생님 생각이 자주 나더군요. 그때 내게 신을 믿지 않는다고 이야기해서

인지, 아니면 그럼에도 불구하고인지는 모르겠지만 말입니다. 이제는 신에 대해서 생각을 조금 달리하는 듯한데…….”

이 사람이 뭘 원하는 거지? 이렇게 생각하며 나는 신부를 미심쩍게 살핀다.

“선생님에게 중요한 이야기를 하려 합니다만, 그전에 먼저 두 가지만 묻지요. 대답을 해 주세요. 첫째, 검찰이 선생님 재판에서 설령 패소한다 해도, 이 나라 그 어느 학교에서도 선생님은 더 이상 가르칠 수 없다는 것을 잘 알고 있지요?”

“네, 진술하기 전부터 잘 알고 있었습니다.”

“잘 되었습니다! 그리고 두 번째 질문인데, 이제부터 뭘 하면서 먹고살 겁니까? 선생님이 제재공장의 주식을 가졌을 리도 없고, 지난번 수공업하던 아이들을 위해 맹렬하게 말했던 걸 생각해 보면 말이에요. 창가에서 일하던 그 애들, 기억하나요?”

아, 창가의 아이들! 완전히 잊고 있었다!

그리고 더 이상 목재를 자르지 않는 제재공장도…….

모든 것들이 오래전 일이구나!

다른 삶이었던 것 같다…….

그리고 나는 말한다. “저는 아무것도 없답니다. 부모님도 보살펴야 하지만.”

동그래진 눈으로 나를 보던 신부는 잠시 쉬었다가 말한다. “일자리가 하나 있습니다.”

“네?! 일자리요?!”

“그래요, 하지만 다른 나라입니다.”

"어디인가요?"

"아프리카요."

"검둥이들요?" 내가 '검둥이'로 불렸다는 말이 떠오르며 웃음이 나왔다.

신부는 진지하다.

"뭐가 그렇게 우습지요? 검둥이들도 사람입니다!"

누가 아니랍니까라고 하고 싶지만 그런 이야기는 접어 두고 신부의 제안을 듣는다. 선생으로 일할 수 있는데, 선교 학교라고 한다.

"수도회에 들어가야 하나요?"

"꼭 그럴 필요는 없습니다."

나는 고민한다. 지금은 신을 믿지만, 백인이 검둥이를 행복하게 한다고 믿지는 않는다. 더러운 장삿속으로 하느님을 데리고 검둥이들에게 가는 것이니.

그리고 내 생각을 모두 다 신부에게 말한다.

신부는 한동안 말이 없다.

"물론, 그건 오로지 선생님에게 달린 일이지요. 자신의 소명을 악용해서 더러운 장사를 하려는지는 말이죠."

나는 귀를 기울인다.

소명?

"인간에게는 누구나 소명이 있습니다." 신부는 말한다.

맞다!

나는 물고기 한 마리를 잡아야 한다.

그래서 나는 신부에게 말한다. 먼저 소녀를 자유롭게 만들고 나서 아프리카로 가겠다고.

신부는 내 말을 신중하게 듣는다.

그러고는 말한다.

"정말 그 낯선 남자애가 그랬다고 믿는다면, 선생님은 먼저 그 아이의 어머니에게 말해야 합니다. 어머니가 모든 것을 들어야 합니다. 우선 그 어머니에게 가 보세요."

종착역

나는 T의 어머니에게 간다.

김나지움 관리인에게서 주소를 받았다. 학교로 들어가면 안 되니 관리인은 나를 꽤나 경계하였다.

다시는 학교에 발을 딛지 않겠다! 아프리카로 갈 테니.

지금은 트램을 타고 간다.

종착역까지 가야 한다.

아름다운 집들이 서서히 끝날 즈음 추한 집들이 나타난다. 우리는 트램을 타고 가난한 자의 거리를 지나 고상한 대저택가에 이른다.

"종착역!"이라고 차장이 말한다. "모두 하차하세요!"

승객은 나뿐이다.

이곳 공기는 내가 사는 곳보다 훨씬 더 좋다.

23번지는 어디인가?

정원은 관리가 잘 되어 있다. 이곳 정원에는 장식용 난쟁이가 없다. 쉬고 있는 노루 장식도, 버섯 장식도 없다.

드디어 23번지를 찾았다.

정문은 높고, 주택이 보이지 않을 만큼 정원이 넓다.

나는 벨을 누르고 기다린다.

나이 든 문지기가 나타난다. 그는 철문을 열지 않는다.

“무슨 일이신가요?”

“T 부인을 만나고 싶습니다.”

“용건은요?”

“부인 아들의 선생입니다.”

“바로 열겠습니다.”

문지기는 철문을 연다.

우리는 큰 정원을 지난다.

검은 전나무 뒤로 건물이 보인다.

이곳은 궁전 같다.

이미 우리를 기다리던 시종에게 문지기는 나를 넘긴다. “여기 이분이 사모님을 만나고 싶다고 하십니다. 이분은 도련님의 선생님입니다.”

시종은 고개를 조금 숙여 인사한다.

“그런데 좀 어렵겠습니다.” 시종이 정중하게 말한다. “사모님께서는 지금 손님을 맞고 계십니다.”

“중요한 일로 급히 꼭 이야기를 나누어야 하는데요!”

“내일 다시 오시면 안 될까요?”

“안 됩니다. 아드님에 관한 일입니다.”

시종은 웃음 지으며 살짝 털어내는 듯한 손짓을 한다.

“사모님은 때로 아드님을 위한 시간도 없답니다. 도련님도 대부분 약속을 잡으셔야 해요."

"잘 들어요."라고 말하며 나는 시종을 사납게 바라본다. "선생이 왔다고 당장 전해요, 아니면 책임은 당신이 지는 겁니다!"

시종은 놀란 표정으로 나를 바라보더니 다시 살짝 고개를 끄덕인다. "좋습니다. 한번 말씀드려 보지요. 가실까요! 죄송합니다만 제가 앞장서겠습니다!"

나는 집 안으로 들어간다.

우리는 화려한 입구를 지나 계단으로 한 층 올라간다.

어떤 여성이 계단을 내려오는데, 시종이 인사를 하고 그 여성은 시종에게 미소로 답한다. 그리고 내게도.

아는 여자인 것 같은데? 누구지?

우리는 계속 올라간다.

"저분은 영화배우 X입니다." 시종이 내게 작은 소리로 말한다.

아, 그래 맞다!

최근에 보았지. 공장에서 일하다가 공장장과 결혼하는 역할이었어.

그녀는 평민총대장의 애인이다.

시와 진실이군!

"여신 같은 예술가이지요!" 시종은 확신하듯 말하고, 우리는 위층에 이른다.

열린 문으로 여자들의 웃음소리가 들린다. 세 번째 방에 앉아 있나 보다라고 나는 생각한다. 그들은 차를 마시고 있다.

시종은 나를 왼쪽의 작은 살롱으로 인도하고 앉아서 기다리라고 하더니, 적절한 때에 바로 이야기를 전하겠다고 한다.

그는 나가서 문을 닫았고 나는 혼자 앉아 기다린다. 이른 오후이지만, 낮이 짧아졌다.

벽에는 오래된 판화들이 걸려 있다. 주피터와 이오. 아모르와 프시케. 마리 앙투아네트.

금장식이 많은 분홍의 살롱이다.

나는 앉아서 탁자 주변의 의자를 살핀다. 너희는 얼마나 오래되었니? 좀 있으면 이백 년……? 누가 너희 위에 앉았을까?

우리는 내일 마리 앙투아네트와 차를 마셔요라던 사람들.

우리는 내일 마리 앙투아네트와 처형장에 가요라던 사람들.

에바는 지금 어디에 있을까?

바라건대 아직 병원이었으면, 적어도 그곳에는 침대가 있을 테니.

바라건대 아직 그 애가 아프기를.

창가로 가서 나는 밖을 내다본다.

검은 전나무가 더욱 검다. 날은 벌써 어두워진다.

나는 기다린다.

드디어 천천히 문이 열린다.

T의 어머니가 오는군 하며 뒤로 돌아본다.

어떻게 생겼을까?

나는 놀란다.

내 앞에는 T의 어머니가 아니라 T가 서 있다.

본인이.

그 애는 정중하게 인사하고 말한다.

"선생님께서 오셨다는 말씀을 듣고 어머니가 저를 부르셨어요. 선생님, 안타깝게도 어머니가 시간이 없다 하십니다."

"그래? 그럼 언제야 시간이 나신다니?"

T는 피곤한 표정으로 어깨를 으쓱한다. "그건 저도 모릅니다. 어머니는 원래 항상 시간이 없어서요."

나는 물고기를 관찰한다.

물고기의 어머니는 시간이 없다. 대체 무엇을 하는 걸까? 어머니는 자기 생각만 하는구나.

나는 신부를, 그리고 인류의 이상을 떠올릴 수밖에 없다.

정말로 부자들이 언제나 승리합니까?

포도주가 물로 바뀌는 겁니까?

그리고 나는 T에게 말한다. "어머니께서 항상 일이 많다면, 그럼 네 아버지와 이야기할 수 있을까?"

"아버지요? 아버지는 거의 집에 안 계세요! 항상 밖이시죠, 저도 아버지를 거의 못 뵙는걸요. 아버지는 콘체른을 경영하거든요."

콘체른을?

더 이상 톱질하지 않는 제재공장이 보인다.

아이들은 창가에 앉아 인형에 색을 칠한다.

그들은 빛이 없으니 빛을 아낀다.

그리고 하느님은 모든 골목으로 다닌다.

하느님은 아이들을 보고, 제재공장을 본다.

그리고 하느님이 다가온다.

그분은 저 큰 정문 밖에 서 있다.

그러나 나이 든 문지기는 신을 들이지 않는다.

"어쩐 일이신가요?"

"T의 부모님과 이야기를 나누고 싶습니다."

"어떤 용건으로요?"

"이미 알고 있어요."

그렇다, 그들은 이미 알고 있지만, 하느님을 기다리지는 않는다…….

"그런데 제 부모님은 왜 만나시려는 거예요?" 갑자기 T의 목소리가 들려온다.

나는 그 애를 유심히 살핀다.

이제 저 애는 웃겠지라고 생각한다.

그러나 그는 더 이상 웃지 않는다. 그저 바라만 볼 뿐이다.

알아챈 걸까, 자신이 잡힐 거라는 걸?

그 애의 눈이 갑자기 반짝인다.

경악의 반짝임이다.

그리고 나는 말한다. "너에 대해 이야기하려고 했지. 그런데 아쉽게도 두 분은 시간이 없구나."

"저에 대해서요?"

그 애는 히죽인다.

아주 공허하다.

여기 지식욕에 가득 찬 한 아이가 멍청이처럼 서 있다.

지금은 그가 귀를 기울이는 것 같다.
저 애 주변에 무슨 일이 있는 걸까?
무슨 소리를 듣고 있는 걸까?
우매함의 날갯짓 소리? 나는 서둘러 나온다.

미끼

집에 오니 파란 봉투가 또 있다. 아하, 클럽이군!

특이사항은 여전히 없겠지라고 생각하며 봉투를 열어 읽는다.

"클럽 보고 제8신. 어제 오후에 T는 크리스털 극장에 갔다. T는 극장에서 나와 어떤 우아한 여성과 이야기를 나누었는데, 그 여자와는 상영관에서 만났을 것이다. T는 그 여성과 Y가 67번지로 갔다. 삼십 분 후에 다시 같은 여자와 함께 현관에 모습을 드러내더니, 인사를 하고 헤어졌다. T는 집으로 갔다. 여자는 그가 가는 것을 확인하고서 인상을 쓰더니 대놓고 침을 뱉었다. 정숙한 여자가 아닐 수도 있다. 여자는 키가 크고 금발이었는데, 진한 녹색 외투에 빨간 모자를 썼다. 그 외 특이사항은 없었다."

나는 웃음이 났다.

아, T가 사내가 되는군……. 하지만 그런 건 관심 없어. 그런데 그 여자는 왜 인상을 썼을까?

당연히 정숙한 여자는 아니었지, 그런데 왜 대놓고 침을 뱉은 거지?

직접 가서 물어봐야겠어.

아주 작고 부질없는 그 어떤 흔적이라도 나는 모두 쫓을 것이다.

T가 미끼를 물지 않으면, 어망으로 잡아야겠지. 망을 최고로 촘촘하게 만들어 빠져나가지 못하게 해야 할 거야.

Y가 67번지로 가서 건물 관리인에게 금발의 여성이 있는지 묻는다.

관리인 여자는 내 말을 바로 끊는다. “넬리 양은 17호예요.”

이 건물에는 소시민이 산다. 얌전한 시민들이. 이곳에 넬리 양도 산다.

나는 17호 문에서 벨을 울린다.

금발 여자가 문을 열더니 말한다. “안녕! 어서 들어와요!”

나는 그녀를 모른다.

복도에는 진녹색의 외투가 걸려 있고, 탁자 위에는 빨간 모자가 있다. 이 여자다.

내가 정보만 얻으러 온 걸 알고 여자는 성을 낸다. 그래서 답을 해 주면 돈을 주겠다고 나는 약속한다. 화를 내지는 않지만, 꺼림칙한 모양이다. 아니, 나는 경찰이 아니라고 그녀를 안심시키고, 단지 어제 그 애 뒤에서 왜 침을 뱉었는지만 묻는다.

“돈 먼저요.”라고 넬리가 대답한다.

돈을 준다.

넬리는 소파에 편히 자리를 잡으며 내게 담배 한 대를 권한다.

우리는 담배를 피운다.

"별로 말하고 싶지 않아요." 한다.

넬리는 여전히 침묵을 지킨다.

그러더니 갑자기 쏟아낸다. "침을 왜 뱉었냐고요, 바로 얘기해 주지요, 그냥 아주 토할 것 같았거든요. 역겨웠어요!"

여자는 몸서리를 친다.

"왜죠?"

"생각해 봐요, 하고 있는 중에 그 애가 웃었어요!"

"웃어요?"

"나는 등골이 오싹해지고 화도 나서 아주 거칠게 그 애 뺨을 한 대 쳐 줬지요! 그랬더니 거울 앞으로 달려가서 이렇게 말하는 거예요. '안 빨갛네!!!' 그 애는 항상 관찰, 관찰만 했어요, 내 마음만 같아선, 그 애를 다시 만지고 싶지도 않아요. 하지만 한 번 더 즐겨야 해요……."

"한 번 더요? 누가 강요하나요?"

"나는 절대 누군가에게 강요받지 않아요. 넬리는 그렇지 않죠! 기꺼이 누군가를 돕는 거예요. 토할 것 같은 것을 한 번 더 참아 가면서, 게다가 그 애와 사랑에 빠진 척까지 해야 해요!"

"그러니까 그렇게 해서 누군가를 돕는다는 거죠?"

"네, 크게 신세 진 사람이 있어서 그래요."

"그게 누구죠?"

"아니요, 그건 말할 수 없어요! 넬리는 말하지 않아요! 그냥 어떤 낯선 남자예요."

"그래서 그 낯선 남자가 뭘 원하는데요?"

그녀는 나를 빤히 쳐다보더니 천천히 말한다.

"물고기 한 마리를 낚을 거래요."

나는 벌떡 일어나며 소리 지른다. "뭐라고요?! 물고기?!"

여자는 깜짝 놀란다.

"왜 그래요?"라고 물으며 급히 담뱃불을 끈다. "아니, 아니에요, 이제부터 넬리는 한마디도 안 할래요. 당신은 미친 사람 같아요. 나가요, 나가요! 아듀!"

나는 걷는다기보다 아예 휘청인다. 머릿속은 복잡하다.

누가 물고기를 낚는다는 거지?

무슨 일인가?

그 낯선 남자는 누구인가?

어망 속

집에 돌아오니 여주인이 걱정스럽게 나를 맞는다. “어떤 낯선 분이 와 있어요. 한 삼십 분을 기다리고 있는데, 뭔가 좀 이상한 사람인 것 같아서 걱정되네요. 살롱에 있어요.”

어떤 낯선 사람?

나는 살롱에 들어선다.

저녁이고, 그는 어둠 속에 앉아 있다.

나는 불을 켠다.

아, 율리우스 카이사르!

“드디어!” 카이사르가 그렇게 말하며 해골에 불을 반짝인다.

“동료 선생, 귀를 쫑긋 세우고 잘 들어요!”

“무슨 일입니까?”

“그 물고기 찾았어요.”

“뭐라고요?!”

“맞아요. 물고기가 벌써 미끼 주변에서 헤엄치고 있다오. 점점 더 다가오고 있지요. 오늘 저녁에는 미끼를 물 거예요. 같이 가요, 빨리 가야 해요. 조직이 이미 거기에 가 있어요, 서둘러요!”

"무슨 조직이요?"

"다 말해 줄게요!"

우리는 서둘러 나간다.

"어디로 갑니까?"

"릴리로!"

"어디요?"

"보자, 이런 어린애에게는 뭐라 말해야 하나? 릴리는 접대부가 있는 저속한 술집이죠!"

비가 내리기 시작하고, 카이사르는 빠르게 걷는다.

"비가 오면 좋아요." 그는 말한다. "비가 오면 물고기들은 미끼를 더 잘 물지요."

"잠깐만요." 나는 그에게 큰 소리로 말한다. "뭘 하려는 거예요!"

"자리를 잡고서 다 말할게요. 자, 우선 갑시다, 안 그러면 비를 다 맞겠어요!"

"물고기를 잡으면서 어떻게 내게는 아무 말도 안 한 거죠?!"

"선생을 놀래 주려고 그랬지요. 나도 재미 좀 봅시다!" 비가 쏟아지고 급하다던 카이사르가 갑자기 멈춘다.

카이사르는 이상하다는 듯 나를 쳐다보더니 천천히 말한다. "질문이," 그리고 그는 마치 단어 하나하나에 힘주어 말하는 것 같다. "선생 질문은 왜 물고기를 잡냐는 거예요? 며칠 전에 그런 이야기를 했잖아요. 기억납니까? 그러고는 선생은 다른 테이블로 가 앉았고, 그 소녀 때문에 아주 슬퍼하는 모습이 문득 눈에 들었어요. 그래서 선생을 도와야만 한다고 생각했지요. 그 테이블에 앉아 있었잖아요. 기억나요? 편지를 쓰고 있었던 것 같았는데."

편지를?!

그래, 맞아! 부모님께 보내는 편지.

"하느님께서 도와주시겠지요." 마침내 그 문장을 썼을 때였어.

나는 휘청인다.

"왜 그래요? 아주 창백해졌어요!" 카이사르의 목소리가 들린다.

"아니에요, 아무것도!"

"선생, 어서 독주를 마셔야겠어요!"

어쩌면!

비가 내리고, 물은 점점 더 불어난다.

오한이 든다.

아주 잠깐이지만 나는 어망을 보았다.

N

주변이 너무 어두워지는 바람에 우리는 릴리를 겨우 찾는다.

술집 안이라고 더 밝지는 않다.

하지만 따스하고, 적어도 비가 들이치지는 않는다.

“숙녀분들이 벌써 와 있어요.” 여주인은 우리를 맞으며 세 번째 칸막이를 가리킨다.

“브라보!” 카이사르는 소리치며 내 쪽을 향한다. “저 숙녀들이 내 미끼랍니다. 어떻게 보자면 지렁이죠.”

세 번째 칸막이에 넬리가 뚱뚱한 여급과 함께 앉아 있다.

넬리가 나를 바로 알아보지만, 습관적으로 입을 다문다.

넬리는 언짢게 웃는다.

카이사르는 당황한다.

“물고기는 어디 있어?” 그가 조급하게 묻는다.

“안 나타났어요.” 뚱보가 말한다. 슬프고 단조로운 목소리이다.

“나를 바람맞혔어요.” 말하면서 넬리는 기분 좋아 웃는다.

“넬리가 두 시간 동안 극장 앞에서 기다렸어요.” 뚱보는 고개를 끄덕이며 풀 죽어 말한다.

"두 시간 반이지."라고 고쳐 주더니 넬리는 문득 더 이상 웃지 않는다. "나는 그 역겨운 녀석이 안 나타나서 좋아요."

"아니 이런," 카이사르는 이렇게 말하고는 숙녀들에게 나를 소개한다. "옛날 동료예요."

뚱보는 나를 찬찬히 살피고, 넬리 양은 허공을 바라본다. 브래지어를 추켜올린다.

우리는 자리를 잡는다.

타는 듯한 독주는 몸을 따스하게 만든다.

손님은 우리뿐이다.

여주인은 안경을 쓰고서 신문을 읽는다.

주인은 바 쪽으로 몸을 숙였는데, 꼭 양쪽 귀를 막은 것처럼 보인다.

주인은 아무것도 모르고 앞으로도 알려 하지 않는 것이다.

이 숙녀들이 왜 지렁이일까?

"대체 무슨 일을 하려는 거예요?" 나는 카이사르에게 묻는다.

그는 내 쪽으로 아주 가까이 몸을 기울인다. "원래는 선생에게 미리 아무 말도 안 하려고 했어요. 좀 저속한 일인데다, 계속 그럴 것이라, 그래서 선생은 아무 관련이 없는 게 좋은 거지요. 그런데 다시 생각해 보니 증인이 한 명 더 있어도 나쁠 게 없다는 생각이 들었어요. 우리 셋이서, 이 숙녀들과 내가, 사건을 재구성해 보려 했거든요."

"재구성이요?!"

"어떻게 보자면요."

"무엇 때문에요?!"

"우리는 그 물고기가 다시 살인하기를 원했어요."

"살인을 다시요?!"

"그렇지요, 예전부터 잘 쓰던 믿을 만하고 천재적인 계획을 세웠지요. 사건 전체를 침대에서 재구성하려고 했어요."

"침대라니요?!"

"잘 들어 봐요," 카이사르는 나를 향해 고개를 끄덕이고, 해골을 반짝인다. "넬리 양이 물고기를 극장 앞에서 만나기로 했는데, 그 애는 넬리가 자기를 사랑한다고 생각하지요."

카이사르는 웃는다.

하지만 넬리는 같이 웃지 않는다. 다만 얼굴을 찌푸리더니 침을 내뱉는다.

"여기서 침 좀 뱉지 마!" 뚱보가 히죽거린다.

"관청에서 아무 데서나 침 뱉지 못하게 금지했잖아!"

"관청에서 그러건 말건," 넬리가 말을 이으려 한다.

"참, 정치 얘기는 하지 말라니까!" 카이사르가 넬리의 말을 끊더니 다시 내 쪽을 본다. "여기 이 칸막이에서 우리의 사랑하는 물고기가 더 이상 헤엄을 칠 수 없을 만큼 술에 취하는 거예요. 그러면 그 물고기를 맨손으로 잡을 수가 있죠. 그러고 나서 이 두 여성이 물고기랑 같이 저기 벽지 바른 문을 열고 방으로 가는 거예요. 다음부터는 상황과 그에 따른 논리적 귀결로 이런 일들이 벌어질 수밖에 없겠지요.

물고기는 잠들게 될 거예요.

넬리는 바닥에 드러눕고, 이 통통한 아이는 넬리를 완전히 아마포로 다 덮어 놓아, 시신인 것처럼 두는 거죠.

그러고는 자고 있는 물고기 위로 나의 사랑스런 뚱땡이가 엎어지며 꽥꽥 소리를 지르는 거예요. '대체 무슨 짓을 한 거야?! 사람이 어떻게! 대체 무슨 짓을 한 거냐고?!'

그러고는 내가 방으로 들어와 말을 하면 됩니다. '경찰이다!'라고. 그러고는 '네가 환각 상태에서 넬리를 타살했다.'라고 이번엔 그 애의 면전에다 퍼붓는 거죠. 예전에 다른 아이를 죽였던 것처럼 말이야라고요. 내가 그 애 따귀도 몇 대 때리면서 엄청난 장면을 연출하는 거지요. 그렇게 하면 그 애는 자백하게 될 거예요, 선생님, 내기해도 좋아요. 그 애가 그냥 말 한마디만 한다 해도, 나는 그 애를 물 밖으로 끌어낼 거예요. 할 수 있다고요!"

나는 웃음이 났다.

카이사르는 그런 나를 바라본다, 마음에 들지 않는 눈치다.

"선생이 맞아요." 카이사르가 말한다. "생각은 인간이 하고, 조종은 신이 한다고…… 미끼를 물지 않는다고 우리가 화를 내고 있을 때, 어쩌면 그 애는 벌써 어망 안에 들어와서 버둥거리고 있을지도 모르지요."

나는 움찔한다.

어망 안이라고?!

"그래요, 그렇게 웃어요," 카이사르의 말소리가 들린다. "선생은 계속 그 죄 없는 소녀 이야기만 하지만, 나는 죽은 아이 생각도 한답니다!"

나는 귀를 기울인다.

죽은 아이?

아 그래, N…… 그 애를 완전히 잊고 있었다…….

한때는 모두, 모두를 생각했는데…… 다정스럽게 떠올리지는 않았어도 그 애의 부모까지 말이다, 그런데 N은, 그 애는 한 번도 생각해 본 적이 없었다.

그래, N!

돌로 타살당한 아이.

더 이상 존재하지 않는 N을 나는 잊고 있었다.

유령

나는 릴리를 떠나온다.

서둘러 집으로 가는데 N에 대한, 더 이상 존재하지 않는 그 아이에 대한 생각이 나를 계속 내버려 두지 않는다.

생각은 내 방까지, 내 침대까지 따라온다.

잠을 자야 한다! 잠을 잘 것이다!

하지만 잠들지 않는다.

계속해서 N의 말이 들린다. "선생님은 완전히 잊은 거죠? 선생님이 제 살인의 공범이라는 걸요. 그 상자를 누가 열었죠…… 저였나요, 선생님이었나요? 도와주세요, 선생님, 저는 안 그랬어요! 그때 그렇게 부탁드렸잖아요……. 하지만 선생님은 계산대로 안 되게 하겠다고 했었죠, 제대로 해 보겠다고 했어요. 그래요, 다 지나간 일이죠. 저도 알아요, 안다고요!"

그렇다, 지나간 일이다.

시간은 지나가지만, 상처는 남는다.

일 분 일 분이 점점 더 빨라진다.

시간이 나를 빠르게 지나쳐 간다.

그리고 바로 시계 종이 울린다.

"선생님," 다시 N의 목소리가 들린다. "지난겨울 역사 시간 기억하세요? 중세 시대에 대해 배웠는데, 선생님께서는 사형 집행인이 사형을 집행하기 전에 범죄자에게 큰 고통을 주는 것에 항상 용서를 먼저 구한다고 하셨어요. 죄는 죄를 통해서만 사해질 수 있다고요."

단지 죄를 통해서 사해진다고?

그러면서 나는 생각한다. 내가 사형집행인인가?

T에게 용서를 구해야 할까?

생각을 더 이상 놓을 수가 없다.

나는 몸을 일으킨다.

"어디 가세요?"

"가능하면 멀리, 최대한 멀리."

"멈추세요!"

그 아이가 내 앞에 있다, N이.

나는 이 애를 통과할 수가 없다.

N, 나는 N의 소리를 더 이상 듣고 싶지 않다!

N이 나를 응시하고 있는데, N에게는 눈이 없다.

나는 불을 켜고 전등갓을 자세히 살핀다.

먼지가 가득하다.

계속 T 생각이 난다.

T는 미끼 주변에서 헤엄치고 있다. 아닌가?

불쑥 N이 묻는다.

"선생님은 왜 계속 선생님 생각만 하죠?"

"내 생각만?"

"선생님은 계속 물고기 생각만 하잖아요. 물고기는 선생님이죠. 선생님과 하나이자 같은 것이니까요."

"같다고?!"

"물고기를 잡고 싶으시죠, 아닌가요?"

"맞아. 분명히 그래. 그런데 내가 왜 물고기와 하나이며 같은 것이지?"

"사형집행인을 잊으셨군요, 선생님. 살인자에게 용서를 구하는 그 사형집행인이요. 죄는 죄를 통해서만 사해진다고 했던 그 비밀스러운 순간에 사형집행인은 살인자와 하나의 존재로 융합되는 거예요. 그러니까 살인자가 어떻게 보자면 사형집행인으로 녹아드는 거지요. 이해하시겠어요, 선생님?"

그래, 나는 서서히 이해하기 시작한다.

아니, 이제는 더 이상 알고 싶지 않아!

나는 두려운 걸까?

"선생님은 아직 그 애를 다시 헤엄치게 할 수 있어요." N의 목소리가 들린다. "게다가 벌써 그 애를 불쌍해하기 시작했잖아요."

맞아, 그 애의 어머니는 내게 할애할 시간이 없었어.

"하지만 선생님은 제 어머니도 생각하셔야지요, 그리고 선생님, 저도요! 제가 아니라 그 여자애, 아니 이제는 더 이상 떠올리지도 않는 어떤 여자애 하나를 위해 물고기를 잡으려고 한다 해도 말이에요."

나는 귀 기울인다.

N의 말이 맞다, 나는 더 이상 그 여자애 생각을 하지 않는다.

이미 몇 시간 전부터 그랬다.

여자애가 어떻게 생겼더라?

점점 더 멀어진다.

나는 그 여자애를 거의 알지 못해.

물론, 그래 물론 그 애의 전부를 한 번 본 적은 있지. 하지만 달빛 아래였고, 구름이 땅을 덮고 있었어. 그런데, 그 애 머리카락은 무슨 색이었더라? 갈색 아니면 금발?

이상하다, 모르겠다.

으스스하다.

모든 것이 헤엄쳐 도망간다.

그럼 법원에서는?

내가 아는 것이라곤 그 애가 진실을 말하기 전에 나를 향해 고개를 끄덕였던 것뿐이지. 그때 나는 그 애를 위해 그곳에 있어야 한다고 생각했었지.

N이 귀를 기울인다.

"그 애가 선생님에게 고개를 끄덕였다고요?"

"그래."

그리고 그 애의 두 눈을 떠올린다.

"선생님, 그 눈은 그 애의 눈이 아니었어요. 그 애의 눈은 작고, 교활하고, 항상 눈동자를 이리저리 굴리며 불안해하는 진짜 도둑의 눈이에요!"

"도둑의 눈?"

"네."

순간 N이 기이하게도 엄숙해진다.

"그 두 눈, 선생님이 들여다보았던 눈은 여자애의 눈이 아니었어요. 그건 다른 눈이었죠."

"다른 눈?"

"그래요."

노루

한밤중에 현관 벨이 울린다.

누가 벨을 울리는 거지?

아니면 내가 잘못 들었나?

아니다, 벨 소리가 또 들린다!

나는 침대에서 튀어나와 가운을 입고 서둘러 방을 나간다. 밖에는 잠이 덜 깨 정신없는 여주인이 벌써 나와 있다.

"대체 누굴까요?" 여주인이 걱정스럽게 묻는다.

"누구세요?" 문밖으로 내가 소리친다.

"경찰입니다!"

"예수님, 마리아님!" 여주인이 크게 놀라 외친다.

"대체 무슨 일을 벌인 거예요, 선생님?"

"저요? 아무 일도요!"

경찰이 들어온다. 경감 두 명이다. 나를 찾는다.

"네, 접니다."

"뭐 하나만 알려 주면 됩니다. 옷을 입으세요, 같이 가야 합니다!"

"어디로요?"

"나중에 알려 드리죠!"

급하게 옷을 챙겨 입는다. 무슨 일이 일어난 걸까?!

그러고는 차를 타고 간다. 경감 둘은 여전히 입을 다물고 있다.

어디로 가는 거지?

아름다운 집들이 서서히 끝날 즈음 추한 집들이 나타난다. 트램은 가난한 자의 거리를 지나 고상한 대저택가에 다다른다.

나는 두렵다.

"경감님들, 하느님 맙소사, 대체 무슨 일입니까?!"

"나중에요!"

종착역은 여기인데, 우리는 계속 간다.

그래, 이제 알겠다, 이 여정이 어디로 향하는지…….

큰 대문이 열린다. 우리는 정문을 통과하는데, 아무도 우리의 도착을 알리지 않는다.

현관 복도에 사람이 많다.

나이 든 문지기와 나를 분홍 살롱으로 안내했던 시종도 알아본다.

테이블에는 경찰의 고위 간부가 앉아 있다.

그리고 조서 작성자도.

모두가 나를 적대적으로 탐색하듯 살핀다.

내가 대체 뭘 했다는 거지?

"가까이 오세요." 고위 간부가 나를 맞는다.

나는 다가간다.

내게서 무엇을 원하는 것인가?

"선생님께 몇 가지 질문을 하겠습니다. 어제 오후에 이 집 사모님과 이야기하려고 했지요." 간부는 오른쪽을 가리킨다.

나는 그쪽을 바라본다.

그곳에 어떤 여성이 앉아 있다. 풍성한 이브닝드레스 차림에 우아하고 세련된…… 아, T의 어머니구나!

여자는 미움을 가득 담아 나를 노려본다.

왜지?

"자, 이제 대답하세요!" 고위 간부의 말이 들린다.

"네." 말을 잇는다. "부인과 이야기하려고 했지요, 하지만 시간이 없다고 하더군요."

"부인에게 무슨 말씀을 하려고 했지요?"

나는 잠시 주춤한다. 하지만 아무런 의미가 없다!

아니, 더 이상 거짓말을 하지 않을 것이다!

어망을 나는 보지 않았는가.

"부인에게," 나는 천천히 말을 시작한다. "아드님이 특별히 의심되는 점이 있어 부인께 말씀드리려 했지요."

어머니는 흥분해 벌떡 일어나고, 나는 더 이상 말을 잇지 못한다.

"거짓말이에요!" 부인이 소리를 지른다. "다 거짓말이에요. 저 사람 잘못이에요, 저 사람만의 잘못. 저 사람이 내 아들을 죽음으로 몰았어요. 저 사람, 저 사람이!"

나는 흔들린다.

죽음으로?!

"대체 무슨 일입니까?!"라고 내가 소리친다.

"조용히 하세요!" 간부가 내게 고압적으로 명령한다.

그러고는 물고기가 어망으로 헤엄쳐 들어왔다는 이야기를 듣는다. 물고기는 바로 물 밖으로 끌려 나왔고, 더 이상 버둥거리지 않는다. 끝이다.

그의 어머니가 한 시간쯤 전 집에 돌아왔을 때, 화장대 위에서 쪽지를 하나 발견했다. "선생님이 나를 죽음으로 몰아요." 그렇게 쪽지에 적혀 있었다.

어머니는 T의 방으로 달려갔는데, T는 사라지고 없었다. 부인은 집안에 비상을 알렸다. 모두들 여기저기 다니며 구석구석 찾아다녔지만 T를 찾아내지는 못했다. 정원도 샅샅이 살피고 "T!"라고 계속 외쳤지만…… 대답은 없었다.

그러고는 드디어 발견되었다. 해자 근처에서.

그곳에서 T는 목을 매었다.

그의 어머니는 나를 뚫어져라 노려본다.

그녀는 울지 않는다.

울지 못하는구나라는 생각이 스친다.

간부는 내게 쪽지를 보여 준다.

찢어진 종잇조각이다.

서명이 없다.

더 쓰지는 않았을까, 문득 그런 생각이 든다.

나는 그 어머니를 살핀다.

"이게 다인가요?"라고 간부에게 묻는다.

그 어머니는 고개를 돌린다.

"네, 그게 다예요." 간부는 말한다. "설명해 보세요!"

그의 어머니는 아주 아름다운 여성이다. 드레스는 앞보다 뒤쪽이 훨씬 더 깊이 파여 있다. 부인은 분명 먹을 게 하나도 없는 것이 어떤 일인지 한 번도 경험해 본 적 없을 테지…….

신발은 우아하고, 스타킹은 아무것도 신지 않은 듯 보드랍지만, 다리는 두껍다. 부인의 손수건은 작다.

어떤 향내가 나지? 분명히 비싼 향수겠지.

하지만 어떤 향수를 쓰는지는 중요하지 않다.

그 아버지에게 콘체른이 없다면, 어머니는 그저 자신의 체취만 풍겼겠지.

부인은 지금 나를 경멸하듯 바라본다.

흐리고 동그란 두 눈…….

지난번에 T가 제과점에서 무엇이라고 했더라?

"선생님, 제 눈은 물고기 눈이 아니라 노루의 눈이에요. 제 어머니는 항상 그렇게 말씀하세요."

자기 어머니의 눈도 같다고 그 애가 말하지 않았던가?

더 이상 기억나지 않는다.

나는 어머니를 응시한다.

기다려라, 노루야!

머지않아 눈이 내리면 너는 사람들에게 가까이 다가가겠지.

하지만 나는 너를 쫓아낼 테다!

눈이 수 미터나 쌓여 있는 숲으로 다시.
그곳에서 너는 추위에 움직이지 못할 것이다.
그곳에서 너는 얼음 속에서 굶어 죽을 것이다.
나를 봐라, 지금 내가 말하고 있지 않은가!

다른 눈

그리고 나는 이야기한다. N을 살해한 어떤 낯선 남자애, 그리고 T에 대해서, 그 애는 사람 사이에 오고 가는 것, 생과 사 그리고 그사이의 모든 것들을 정확히 관찰하고 알고자 했다고. T는 모든 비밀을 파헤치려 했지만, 그 이유는 단지 그런 것들을 초월하고 싶은 마음에서였고, 다만 경멸하며 초월하고 싶어 했다고. T는 두려움을 몰랐는데, 그에게 무서움은 단지 나약함이었기 때문이라고. 그리고 실제를 사랑하는 것은 사실 진실에 대한 증오 때문이었을 뿐이라고.

그리고 이렇게 말하는 동안 문득 T가 더 이상 존재하지 않는다는 사실에 나는 이상하리만치 홀가분했다.

한 명이 줄었다!

기분이 좋은가?

그렇다!

그래, 기분이 좋다!

나 역시 죄악을 함께 저질렀지만, 악한 자 하나가 사라졌다니 얼마나 멋지고 아름다운가!

그리고 모든 것을 다 말한다.

“여러분,” 나는 말을 잇는다. “톱질을 멈춰 버린 제재공장이 있습니다, 그리고 창가에 앉아 인형을 색칠하는 아이들이 있어요.”

“그게 우리하고 무슨 상관이죠?” 간부가 묻는다.

어머니는 창밖으로 시선을 돌린다.

밖은 밤이다.

그녀는 무슨 소리에 귀 기울이는 것 같다.

무엇을 듣고 있지?

발소리인가?

정문이 열렸으니…….

“계산대로 되지 않게 하려던 것은 더 이상 아무런 의미가 없습니다.” 이렇게 내가 말하는데, 문득 내 말소리가 들린다.

이제 다시 어머니가 나를 뚫어져라 바라본다.

그리고 나는 내 말소리를 듣는다. “제가 부인의 아들을 죽음으로 몰았을 수도 있습니다…….”

나는 멈칫한다.

그의 어머니는 왜 웃지?

여전히 웃는다.

미친 것인가?

이제는 소리 내서 웃기 시작한다. 점점 더 크게!

발작한다.

소리를 지르며 흐느낀다.

내게 들리는 소리는 “하느님.”뿐이다.

그러더니 쇳소리를 낸다. "아무 의미가 없어!"

사람들이 부인을 진정시키려 한다.

부인이 주변의 물건들을 내던진다.

시종이 부인을 붙잡는다.

"톱질을 하고 있어요, 톱질을 하고 있어요!" 신음하듯 말한다.

뭐라고?

제재공장을 말하는 것인가?

창가의 아이들을 보고 있는 것인가?

그분께서, 부인의 시간 또한 배려하지 않는 그분께서 당신에게도 나타났나요, 그분은 크건 작건 모든 골목길로 다니시니까요.

부인은 여전히 주변 물건들을 내던진다.

그러다가 손에 있던 종이 쪼가리를 놓친다. 누군가가 그 손을 한 대 친 것처럼 말이다.

간부가 그 종이를 집어 든다.

종이는 구겨져 있다.

"선생님이 나를 죽음으로 몰았어요."라고 적혀 있던 종이의 찢긴 부분이다.

그리고 거기에는 T가 왜 죽음으로 몰렸는지 쓰여 있다. "선생님이 알았거든요, 내가 N을 죽인 것을요. 돌로."

홀에는 갑자기 정적이 흘렀다.

어머니는 기절한 것 같다.

그 자리에 앉아서 미동도 하지 않는다.

그러더니 갑자기 다시 웃으며 내게 고개를 끄덕인다.

저게 뭐지?

아니다, 저건 T의 어머니가 아니지 않는가.

그건 그녀의 눈이 아니었다.

고요하다, 내 고향 숲의 깊은 호수처럼.

그리고 슬프다, 빛이 없던 어린 시절처럼.

그렇게 하느님이 우리를 내려다보시는구나, 문득 그런 생각이 든다.

한때 나는 신이 노하고 노려보는 눈을 가졌다고 생각했다.

아니, 아니다.

신은 진리이기 때문이다.

"네가 상자를 열어 망가뜨렸다고 말하라." 그 목소리가 다시 들린다. "내 부탁을 들어라, 나를 더 이상 화나게 하지 말라."

이제 어머니가 간부 앞으로 가서 말을 시작한다, 작은 목소리이지만 단단하다. "수치를 피하려고 했습니다."라고 말한다. "하지만 선생님이 창가의 아이들에 대한 이야기를 하니, 그것이 더 이상 의미가 없구나라는 생각이 드는군요."

수면 위

내일이면 나는 아프리카로 떠난다.

책상 위에 꽃이 있다. 성실한 여주인이 주는 작별 선물이다.

부모님께서 편지를 보내셨다. 내가 일자리를 얻어 기쁘지만, 큰 바다를 건너는 먼 곳의 일이라 슬프다고 쓰셨다.

그리고 편지가 한 통 더 있다. 파란색 봉투다.

“검둥이들에게 인사 전해 주세요. 클럽.”

어제는 에바를 찾아갔다.

물고기가 잡혀서 에바는 매우 행복해했다. 신부는 그 애가 출소하면 돌봐주기로 나와 약속했다.

그렇다, 그 애는 도둑의 눈을 가졌다.

검찰은 나에 대한 재판에서 패소했고, Z는 이미 자유다. 나는 짐을 싼다.

율리우스 카이사르가 내게 자신의 해골을 선물했다. 잃어버리면 안 된다고 하면서!

모든 것을 다 챙겨라, 잊은 것 없이!

아무것도 남기지 말아라!

검둥이가 검둥이들에게 간다.

작품 해설 및 번역 후기

1938년 6월 1일 파리. 외덴 폰 호르바트(Ödön von Horváth, 1901-1938)는 파리에서 망명 중이던 독일 출신 영화 감독 시오드맥(Robert Siodmak, 1900-1973)을 만나 자신의 작품 『Jugend ohne Gott(신 없는 청년)』의 영화 제작을 논의하였다. 그러나 이날 논의한 영화제작은 안타깝게도 그의 생전에 성사되지 못했다. 바로 그날 작가가 파리 샹젤리제 가로수길에서 돌풍에 부러진 나뭇가지에 머리를 맞아 36세의 짧은 생을 마감했기 때문이다. 당시 독일에서 출판이 불가능하거나 망명 중인 작가들의 작품은 네덜란드 암스테르담에 소재한 퀴리도 출판사나 알레르트 드 랑에(Allert-de-Lange) 출판사 등을 통해 출판되었다. 독일어 작품 『신 없는 청년』 또한 1937년에 알레르트 드 랑에 출판사를 통해 세상에 나왔다. 나치선전선동부가 이 책을 '평화주의적인 경향'으로 '해롭고 바람직하지 않는 저서목록'에 올리고 독일에서 출간 금지하였음에도, 작품은 8개 국어로 번역되었고 영화 제작이 고려될 만큼 큰 반향을 불러일으켰다.

오늘날 한국 일반 대중에게 호르바트와 그의 작품이 조금 낯설 수도 있다. 그러나 작가의 작품은 독일어권 학교에서 여전히 읽기 교재로 활용되고 있고, 라디오극이나 영화로도 제작되어 유럽 전역에 널리 알려졌으며, 그의 드라마는 세계 연극 무대에서 꾸준히 상연되고 있다. 사후 출판된『우리 시대의 아이(ein Kind unserer Zeit)』를 포함하여 작가는 드라마 20여 편과 소설 네 편 그리고 미완성 원고 등을 남겼다. 호르바트와 그의 작품은 2000년대를 전후하여 민중극 중심으로 번역되며 한국 대중들에게 잠시 소개된 바 있다. 독일 작가 베르톨트 브레히트(Bertolt Brecht, 1898-1956)와 동시대를 살았던 호르바트가 망명을 마친 후 독일 또는 오스트리아에 돌아와 작품활동을 계속할 수 있었다면 오늘날 한국의 많은 독자들이 호르바트를 주저 없이 독일어권의 대표 작가로 떠올리지 않았을지.

독일의 국가사회주의 정권은 이 소설『신 없는 청년』을 어떤 의미에서 해롭고 바람직하지 않다고 판단, 금서로 지정하였나? 제목에 등장하는 '청(소)년'의 독일어 'Jugend'는 청소년, 청년, 청춘, 젊은이, 젊음 등으로 번역이 가능하다. 나치 시대 청(소)년이 최대 98%까지 소속되었던 히틀러 청(소)년단의 독일어명 또한 'Hitler-Jugend'이다. 소설에서는 파시즘 시대를 살아가는 청소년들의 이야기를 풀어낸다. 감정도 생각도 없는 싸늘한 청(소)년들과, 가난하고 소외되어 범죄를 저지르는 청년들을 방조하거나 심지어 동조하는 냉담한 부모와 교회, 자본과 국가에 대해 소설은 비판적이다. 전쟁과 부조리로 더 이상 신을 믿지 못하던 교사가 신을 다시 인정한다는 측면에서 이

소설은 종교적이며, 한편으로는 살인사건이 발생하고 그것을 해결하는 과정을 다룬 범죄소설이자 법정소설이기도 하다. 소설 속 화자가 소명을 잊고 밥벌이만 하던 차가운 관찰자의 입장에서 적극적 행위자로, 진정한 어른으로 변화하는 모습을 통해 성장소설의 의미를 지니기도 한다. 호르바트는 데뷔 이후 지속적으로 사회·정권 비판적인 작품을 써 왔으나 1933~1935년 사이에는 나치 정권의 제국선전부가 주도한 '독일제국 작가연맹'에 가입을 시도하는 등 쉽게 납득하기 어려운 행보를 보이기도 하였다. 그런 의미에서 이 작품은 작가가 자신의 회색지대 행적을 뒤로하고 파시즘에 대한 비판적 태도를 분명히 드러냄으로써 자기반성이 담긴, 작가 자신의 성장소설이라고도 할 수 있다.

소설의 내용을 살펴보자. 화자인 '나'는 30대 중반의 시립 김나지움 교사로, 14세 남학생들에게 지리와 역사를 가르치며 "노후 걱정 없이 멍하게 늙어 갈 수 있"(8쪽)는 인물이다. 그렇게 늙어 갈 수 있기 위해서는 선전·선동의 언어에 대한 "최소한의 비판에도 주의해야 한다."(10쪽) 이야기는 화자의 생일인 3월 25일에 일기처럼 시작한다. 가톨릭에서 3월 25일은 천사 가브리엘이 마리아에게 나타나, 마리아가 하느님의 은총으로 하나님의 아들 예수를 낳게 된다는 예언을 듣는 '수태고지'의 날이다. 동시에 예수와 함께 십자가형을 받았고, 신에 의해 구원받은 도둑을 기리는, 회개와 용서를 상징하는 성 디스마의 날이기도 하다. 공교롭게도 이날이 화자의 생일이다. 화자는 "아픈 사람들을 치료하는 것보다 건강한 사람들에게 무엇인가를 전해 주고 싶"어서, "더 좋은 미래를 짓기 위한 아주 작은 돌 하나 같은 그런"(58쪽) 것을 전해 주고 싶어서 교사가 되었다. 속마음은 전체주의정권에 비판적이지만 소명은 잃은 채 그저 생활인으로서 기능하는 교사일 뿐이다. '나' 또한 세계 대전을 겪으며 신에 대한 믿음을 잃은 '신 없는 청년(또는 어른)'인 것이다. 선생의 학생들은 대부분 이름 대신 성의 첫 자를 딴 알파벳 약자로만 등장하고, 여타 다른 인물들도 직업과 기능으로 불린다. 소설에서 이름을 얻은 인물들은 극소수인데, 이들은 사회에서 환영 받지 못하는 존재들이다. 물건을 훔치는 도적단 두목 에바, '좌초한 실존'의 율리우스 카이사르, 창녀 넬리 등이 그러하다.

열네 살의 학생들은 선전과 선동의 언어 속에서 자라며, "라디오에서 나오는 바보 같은 소리를 듣고, 베껴 내기만 하면 학교 성적은 최고로 받"(32쪽)는다. 교장은 교육의 목적이 "전쟁에 대비해 정신 교육"(19쪽)을 하는 것이라고 거리낌 없이 말한다. 성직자는 다른가? 그는 국가는 부자의 편에 서고, 교회는 그런 국가의 편에 설 수밖에 없다고 강변한다. 개별의 인간들이, 청년들이 이런 사회에서 비판적으로 사고하고, 온기를 가지며 타자와 공감하는 것이 가능하기는 할까? 학생들은 식민지 지배와 '검둥이'의 열성(劣性)을 당연한 일로 받아들이며 '식민지의 검둥이도 인간이다'라고 가르치는 선생의 수업을 거부하고, 학부형은 "조국에 대한 방해 공작"(17쪽)을 하는 선생을 가르치려

든다. "인문주의자입네 하는 인간들이 순진한 어린 영혼들을 독약으로 망가뜨"(18쪽)린다고 당당하게 외치는 학부모에게 이런 선생은 제거 대상이다. 신의 부재는 진실과 정의의 부재, 차가운 세계와 동의어이다. 소시민의 대변인인 제빵기능장 학부형은, 국가는 항상 옳고, 힘이 없는 자를 정복하며 전체로서 개별을 통제하는 강력한 존재라고 굳게 믿는다. 그러한 국가와 사회에서 정당함이란 "자신의 혈족에게 이로운 것을 뜻"(25쪽)하고 "우리에게 불리한 것은 곧 부당한 것"(25쪽)으로 이해되는 것이 당연할 것이다.

교사인 '나'는 그런 부모, 교육자, 사회에 의해 훈육되는 학생들을 통솔하여 부활절 방학 기간 동안 군사훈련을 위해 야영장으로 간다. 14세의 학생들이 행군, 유격 훈련, 사격 훈련을 하는 야영장지에서 절도와 살인 사건이 일어나고, 사건은 또 다른 파국을 부른다. 야영지 근처 마을에는 더 이상 돌아가지 않는 제재소, 일과 먹을 것이 없어 가난한 마을 사람들과 아이들, 그 모든 것을 지켜보며 방관하는 듯한 신부와 교회가 있다. 절도와 살인, 그리고 또 다른 파국은 일견 개인의 불운이며 개별적 사건처럼 보인다. 그러나 이를 방관하고 조장하며 이용하는 시대, 그 시대를 공고히 하는 정치 권력(총통과 그의 추종 세력), 경제 권력(자본주의), 종교(기독교)와 교육은 작가의 날선 비판을 피해 갈 수 없었으니 독일 나치 정권이 이 책을 금서로 지정한 것은 당연한 귀결이었을 것이다. 사건을 심리하고 판결하는 재판 중, 증인대에 선 '나'는 신 앞에 진실만을 이야기할 것을 맹세하고 용기를 내 살인사건의 진실을 파헤치고 알리고자 행동하며, 차가운 관찰자에서 적극적인 행위자로 변화한다. 지상에 상존하는 전쟁이나 빈곤 같은 비극에 개입하지 않는 신을 부정하던 교사가 신을 다시 받아들이면서, 살인 사건의 해결로 향하는 전개가 빨라진다. 차가운 "물고기의 시대"(33쪽)에 청년들은 독립적으로 사고하거나, 타인에 대한 공감(온기, 연대 또는 사랑이라고 해야 할까?) 없이 현실, 실제와 정서적 거리를 두고 살아간다. 일어나는 일과 사건은 관찰의 대상일 뿐이고, 사고와 감정 없이 경직된 채로 살아갈 뿐이다. 부끄러움이나 양심 없이, 부정의와 불의로 자신의 목적만을 추구하는 그런 세상에는 신이 부재하며, 신의 부재는 그러한 세상을 더욱 차갑고 단단하게 만든다. 그럼에도 도래할 또는 이미 와 버린 차가운 세상이 마냥 절망적이지는 않다. 추구하는 이상향을 "진실과 정의를 위하여"(165쪽)라고 정하고, 책을 읽고, 읽은 것을 최대한 실천하며 살기 위해 행동하는 청(소)년들도 존재하기 때문이다. 아직, 희망이 있다. 희망은 가장 마지막에 죽는다 하지 않았던가. 독립적이며 비판적인 사고와 판단 없이 맹목적이고 어리석은 언어 대신, 읽기와 연대를 통한 사고의 진작, 그리고 공감과 행동이 점차 꿈틀거린다. 희망을 꿈꾸게 하는 청(소)년과 주변 조력자의 연대로 사건의 실마리가 잡히고, 사건은 해결된다.

따스함과 연대로 대변되는 인간성을 적극적으로 취하는 삶이 차갑고 흐릿하며 축축하고 경직된 신 없는 세상을 극복하게 한다. 결국 인간적인 삶을 사는 길이 신을 되찾는 길이며,

신과 함께하는 삶은 인간적인 삶이 되는 것이다. 그러나 그런 삶과 시간, 세계는 그냥 오지 않는다. '나', 우리는 길을 나서야 한다. 인간성의 근간에 진실과 정의에 대한 지향과 추구를 상징하는 '신'을 제목 전면에 등장시킨 이 소설은 그러한 의미에서 매우 종교적(또는 기독교적)이다. 그렇다고 해서 기독교에 대한 비판적 시선을 거두고 신의 무한한 사랑을 강조하고 교회를 변호하는 것으로 이야기가 끝나지는 않는다. 화자는 마지막까지 기독교 전파를 위한 식민지 정책에 동조하는 교회에 비판적이며, 그러한 자신의 생각을 교회를 대변하는 신부에게 거침없이 드러낸다. 극중 '나'는 "지금은 신을 믿지만, 백인이 검둥이를 행복하게 한다고 믿지는 않"(174쪽)으며 "더러운 장삿속으로 하느님을 데리고 검둥이들에게 가는 것"(174쪽)을 경계한다. 그럼에도 "검둥이가 검둥이들에게 간다"(210쪽)라는 문장을 마지막으로 화자는 아프리카로 다시 길을 나선다.

「봄이다(Der Lenz ist da)」와 「인류의 이상을 찾아서(Suche nach den Idealen der Menschheit)」라는 작품(구상)이 『신 없는 청년』으로 완성되기까지 작가는 4막의 형식을 지닌 극, 8개의 이미지를 중심으로 이야기를 배열하는 등 다양한 형식을 고려하였다. 무대 상연을 전제로 작품을 막과 장으로 나누고, 등장인물의 이름 또는 기능에 대사와 지문이 명시된 드라마가 아닌, 44개의 소장으로 구성된 소설로 완성하였다. 그래서 독자는 작품을 읽는 내내 극작을 마주하는 듯한 인상을 얻을 수도 있다. 끊어지는 생각을 고스란히 드러내는 단편적 문장들, 연극 무대에서 독백 또는 방백하는 배우의 대사처럼 반복되는 독백과 서술, 대화를 채 끝마치기 전에 삽입되는 상황이나 인물에 대한 서술 등이 읽기의 흐름을 자주 방해하기 때문이다. 이처럼 읽기에 다소 어색하고 불편할 수 있지만, 원문에 보이는 의도적 말 줄이기와 끊기를 번역에서 최대한 살리고자 하였다. 참고로, 번역에는 독일 주어캄프 출판사 1999년 및 2001년 문고판 *Jugend ohne Gott*와 가상 도서관 구텐베르크 프로젝트(projekt-gutenberg.org)를 참조하였다.

우리가 오늘 또는 머지않은 미래에 나치 정권, 파시즘과 전체주의를 떠올릴 때 그것이 오래전에 치유된 세계사의 상처로만 기억되기를 바란다. 세계 그 어느 곳에서도 이러한 일이 목전의 현실로 반복되지 않기를 바라는 마음으로 이 소설을 새로 번역하여 소개한다. 적극적인 책 읽기의 산물인 번역이 원고가 되었다. 이 원고가 책이 되는 과정에서 세심하게 살펴준 경북대학교출판부와 2023년 아름다운 5월의 빈에서 마무리 작업을 체류 초청으로 지원해 주신 오스트리아 문학협회(Österreichische Gesellschaft für Literatur)에 감사드린다.

2024년 2월 연구실에서
김남희

작가 연보

1901. 12. 9. 합스부르크 제국의 도시 피우메(오늘날 크로아티아 리예카)에서 외교관 아버지(Ödön Josef von Horváth, 1874-1950)와 어머니(Maria Lulu Hermine Prehnal, 1882-1959) 사이에서 태어난다.

1907-1924 부다페스트, 빈, 뮌헨에서 수학한다. 13세경에 뮌헨에서 독일어를 체계적으로 습득한다. 뮌헨 대학에서 연극과 문학, 철학을 전공한다.

1922 드라마 『춤의 서(Das Buch der Tänze)』를 첫 작품으로 발표한다.

1924 베를린과 무르나우 등지에서 작품 구상과 집필을 지속한다.

1926 희극 『전망좋은 호텔(Zur schönen Aussicht)』이 완성된다.

1929 드라마 『슬라덱(Sladek)』이 출판된다.

1930 첫 소설 『영원한 속물(Der ewige Spießer)』을 발표한다.

1931 민중극 『이탈리아의 밤(Italienische Nacht)』과 『빈 숲의 이야기(Geschichten aus dem Wiener Wald)』를 초연, 크게 성공한다. 『빈 숲의 이야기』로 클라이스트상을 수상한다.

1932 민중극 『카지미르와 카롤리네(Kasimir und Karoline)』를 라이프치히에서 초연한다. 드라마 『믿음 사랑 소망(Glaube Liebe Hoffnung)』을 집필한다.

1933	독일 나치 정권의 문화정책으로 『믿음 사랑 소망』의 연출이 금지된다. 오스트리아로 망명 후 드라마와 소설 집필을 지속한다. 오페라 가수 마리아 엘스너(Maria Elsner)와 결혼, 곧 이혼한다.
1934	베를린으로 돌아가 제국선전부가 주도한 '독일제국 작가연맹(Reichsverband Deutscher Schriftsteller, RDS)' 가입을 시도하나 실패하고 베를린을 떠난다. 취리히에서 희곡 『이리저리(Hin und Her)』를 초연한다.
1936	독일에서 추방당한다.
1937	희곡 『피가로 이혼하다(Figaro läßt sich scheiden)』를 프라하에서 초연한다. 『신 없는 청년(Jugend ohne Gott)』이 암스테르담에서 출판, 일 년이 채 지나지 않아 유럽 8개 언어로 번역된다. 나치 정부가 이 책을 금서로 지정한다.
1938	오스트리아가 나치 독일과 '합병'되어 파리로 이주한다. 미국 망명을 계획한다.
1938. 6. 1.	『신 없는 청년』의 영화 제작 건으로 파리에서 망명 중이던 독일 출신 시오드맥 감독과 미팅 후 돌아가는 길에 샹젤리제 가로수길에서 돌풍에 부러진 나뭇가지에 머리를 맞아 사망한다. 사후, 소설 『우리 시대의 아이(Ein Kind unserer Zeit)』가 암스테르담과 뉴욕에서 출판된다.
1938. 6. 8.	당시 파리에서 망명 중이던 문인들의 참석하에 파리 근교 생투앙 묘지에 묻혔다가, 사망 50주년을 맞는 1988년에 빈(하일리겐 슈테터 공동묘지)으로 이장된다.